아빠와 50년째
살고 있습니다만

아빠와 50년째
살고 있습니다만

이유진 지음

예미

목차

1부

70년생 이유진

70년생 나는 이렇게 살아왔다.

특별히 어느 누가 자유를 구속하지 않았음에도

늘 벗어나고자 했고 늘 자유를 그리워했다.

'나의 삶'을 살고자 부단히 애를 썼음에도

저 밑바닥에는 '여자', '결혼'이라는 굴레에 갇혀 살았다.

사회통념 그 틀에 과감히 맞서 싸우지는 못하고

머릿속으로만 '나만은 벗어나야지' 하며 살았다.

70년생 이유진

나는 1970년생이다. 어릴 적부터 오줌 질질대며 나가 돌아다니느라 바빴고, 파출소에서 껌 씹으며 딸 잃고 애타 하는 엄마를 기다렸다. 초등학교 6학년까지 골목대장으로 남자애들 상대로 불의에 맞섰다. 그때 맞은 주먹 한 방은 지금 생각해도 아찔하다.

나는 딸 넷의 둘째로 자랐다. 초등학교 저학년 때, 태권도를 잠깐 배운 적이 있었는데 동네 분들이 "네가 남자 하면 되겠다"는 말을 자주 했다. 당시 학교에서는 남자가 반장, 여자가 부반장을 했고, 집안에 남자가 있느냐 없느냐로 뭇 남성들의 남성성을 가름

했다. 그러다 보니 학교에서는 남자들이 여자 놀려먹는 재미로 깔깔대고 여자들은 속상해 울며 선생님께 일러바치기 일쑤였다.

명절이나 제사 때면 남자들은 안방에 자리 잡고 앉아 손님들을 맞이했고 여자들은 하루 종일 부엌에서 음식을 했다. 며느리 셋이 부엌에서 모든 것을 해결했다. 손자들은 어른들과 함께 안방에 자리했고, 손녀들은 건넌방에서 하루 종일 집에 가기를 기다렸다.

할머니 댁이 울산으로 내려가면서 명절 또는 제사 때마다 엄마 아빠는 밥과 반찬, 간식을 준비해 두셨고, 언니에게는 특별히 용돈을 쥐어주며 동생들하고 잘 지내고 있으라는 지령을 내리고 가셨다. 그때만 해도 울산까지 가는 데만 열 시간 넘게 걸리는 지옥의 명절이었다. 명절이나 제사 때 굳이 우리가 안 가도 되는 이유는 따로 있었다. 집안에서 정작 필요한 사람은 제사 지낼 남자와 음식 만들 여자였으니까.

나는 아빠나 엄마가 옭아매어 키운 것도 아닌데도 언제나 자유로운 삶을 꿈꿨다. 네 살이나 차이가 나는 언니의 영향이었을까, 또래보다 어려운 책을 일찍부터 읽었다. 초등학교 들어가기 전에는 중국설화집인 듯 신선에 대한 얘기,『플루타르크영웅전』과 같은 책을 읽었고, 초등학교 때에는 우리와 비슷한 딸 넷의『작은 아씨들』을 읽으며 둘째 조의 '독립된 삶'에 매력을 느꼈고, 중학교 때에는『보바리 부인』을 읽으며 '계약결혼'을 알게 되었으며,『꽃도 십자가도 없는 무덤』을 읽으며 자유를 그렸고, 그러면서 딸 넷 중 하나는 달라도 된다고 생각했다.

집안에 아빠 빼고는 남자가 없어서였는지 그때만 해도 남녀에 대한 구분이 심했던 탓이었는지 남자애들하고 친하게 지낸다는 것은 소문을 만드는 일이었다. 단지 남자들은 힘과 공부의 경쟁상대였거나 좋아하는 사람 정도로만 취급되었다.

나는 성인이 되어서도 남자들과 몇 년을 만나고 놀러 다니고 했지만 사귀었다고 말하지 않는다. 그냥 사람을 만난 것뿐 별다른 의미를 두지 않는다. 여자 앞에서 남자들의 과한 행동과 허세는 보는 것만으로도, 내가 그 자리에 있는 것만으로도 싫었다. 남자들이 여자를 얻기 위해 하는 모든 행동들이 비굴하게 느껴졌다. 〈동물의 왕국〉을 보면서도 수컷이 암컷을 향해 구애하는 동물 본연의 행위를 난 왜 그렇게 부정했을까. 어찌 되었든 그런 허세와 과잉을 받아줄 만큼 재미도 여유도 없었다.

나는 대학을 졸업하고 뒤늦게 열일곱 번의 소개팅을 했다. 남자들의 삶이 궁금해서 호기심으로 시작했고, 어느 정도 횟수를 채우다 보니 그 나이대에 무슨 생각을 하는지 무엇에 관심이 있는지 대략 알게 되었다. 소개팅을 접을 무렵에는 30분 정도 앉아 있다가 "나 집에 갈래요" 하고 나왔다. 한번은 내 상대가 아닌 것 같아 언니를 소개시켜 주겠다고 제안한 적도 있다.

나는 신혼여행과 결혼휴가에 대한 로망이 있었다. 결혼을 꿈꿨다기보다 '신혼여행=해외여행'이었던 때라 어느 나라로 신혼여행을 갈지를 상상했고, 결혼휴가 동안 새 집에 새 가구에 나만의 공간에서 내 물건들을 차곡차곡 정리하는 상상을 했다. 왜냐하면 막 해외여행이 자유화되어 쉽지 않았고, 결혼은 곧 굴레라 생각했기 때문이다.

나는 남편감으로 화학자를 선택했다. 20대 중반쯤 어떤 남편을 원하냐는 질문에 '화학자'라 답했다. 세상모르고 실험에 푹 빠져 사는 남편, 방탕은 아니지만 버금가게 자유로운 생활을 하는 아내로서, 주중엔 저마다 자기 삶을 살다가 주말은 함께 보내는 그런 부부의 삶을 그렸다. 그러기에 화학자는 안성맞춤이라고 생각했다.

나는 때론 결혼한 여자가 되었다. 2005년 내 나이 서른여섯, UVIC(University of Victoria, Canada)에 영어연수를 온 우리나라 대학생들에게 나는 이혼하고 한국을 떠나온 아줌마였다. 한국에서는 택시기사 아저씨들이 아이가 몇 살이냐는 질문을 자주 했다. 그럴 때면 말이 길어지는 것이 싫어서, '왜'라는 말에 답하기 귀찮아 초등학생 딸 둘을 가진 엄마가 되었다. 당시 사회는 결혼하지 않은 여자에게 '왜'라는 질문을 던졌고 나는 소심하게 거부했다.

지금 나는 쉰 살이 넘었다. '결혼'이라는 단어가 아직까지도 언급되는 현실이 의아하지만 예전에 비하면 아주 많이 편해졌다. 지금의 나는 '옆집 남자'를 구하고 있다. 나랑 같은 공간에서 살지는 않지만 언제든 곁에서 나랑 놀아주고 문제가 생기면 도와줄 그런 남자를 찾고 있다.

70년생 나는 이렇게 살아왔다. 특별히 어느 누가 자유를 구속하지 않았음에도 늘 벗어나고자 했고 늘 자유를 그리워했다. '나의 삶'을 살고자 부단히 애를 썼음에도 저 밑바닥에는 '여자', '결혼'이라는 굴레에 갇혀 살았다. 사회통념 그 틀에 과감히 맞서 싸우지는 못하고 머릿속으로만 '나만은 벗어나야지' 하며 살았다.

나는 어딜 가도 상무 딸

아빠는 경상북도 상주군 사벌면 원흥리에서 태어났다. 아빠 열일곱 살 때 서울 마포로 올라오셨고 팔십이 된 지금도 마포에서 살고 있다. 딸 넷 중 셋을 마포에서 낳았고, 막내가 세 살 때 다시 돌아왔으니 마포야말로 아빠에게는 둘도 없는 고향이다.

상주에는 아들 셋 중 큰아버지 혼자 계셨는데, 명절 때도 할아버지 댁에서 모였기 때문에 우리들이 상주에 갈 일이 없었다. 상주에 가는 날은 일 년에 한 번, 벌초하러 남자들만 모였기 때문에 딸들은 갈 일이 없다. 아빠 형제들과 할아버지 형제들의 아들인 아빠의 이종사촌들의 남자들만 모두 모여 산에 올랐고 많은 조상님들을 둘러보고 모시고 오셨다.

내 나이 삼십이 넘어 아빠 고향은 어떤 곳인지 한번 가보자고 가족여행 가는 길에 간 적이 있다. 동네 어르신들께 인사한다고 아빠는 담배를 사러 가셨고 우린 어물쩍거리고 있는데 저만치서 담배를 물고 계신 나이 지긋한 할머니가 나를 보시며 "상무 딸 아이가?" 하신다. 언니도 동생들도 있었는데 나한테 그러시니 반갑기도 신기하기도 했다. 아빠 태어나고 지금까지도 계속 그 집에 사신단다. 지금 동네에서도 세탁물을 맡기러 가면 "혹시 이상무 씨 딸 아니세요?" 하며 내 이름은 묻지도 않는다.

씨도둑질은 함부로 하는 거 아니라고 어딜 가도 누가 보더라도 나는 아빠 딸이다. 특히 아빠를 아는 분들은 날 보면 대번 알아보신다. 아빠와 관련해서는 예전부터 많이 듣고 자라서 그러려니 하는데, 나이 들면서는 엄마를 닮았단다. 딸 넷이 함께 있으면 Ctrl+C, Ctrl+V 했다고 다들 엄마 닮았다고 한다.

엄마 아빠는 좋겠다. 두 분 모두 뿌린 대로 거두

었으니 이보다 더 큰 수확이 어디 있을까 싶다. 동갑으로 만나 54년을 살면서 당신들을 닮은 딸 넷을 만드셨고, 그 딸들은 또 자신들을 닮은 딸들을 낳았다. 이젠 딸들의 어릴 적 행동을 그대로 재현하는 손녀들을 보며 허허 웃으신다.

한번은 언니가 이혼을 하니 마니 심각하게 고려했던 적이 있었다. 그 당시 바로 밑 동생이 아픈 때였는데, 언니 하는 말이 가관이다. 딸 넷 중 하나는 시집도 안 가고 있고, 하나는 아프다고 병원에 있고, 그런 상황에서 자기마저 이혼을 하겠다고 하면 엄마 아빠가 어떻겠냐고, 그래서 지금은 이혼할 수 없다고 했다. 시집 안 간 하나는 나를 말하고, 언니는 아직도 결혼생활 중이다.

우리 엄마 아빠도 이혼을 하니 마니 심각하게 많이 싸웠던 적이 있었다. 고 3 때였던 거 같은데 하루는 두 분이 너무 싸워서서 차라리 이혼하시라고 소리쳤다가 아빠한테 무겁게 한 대 맞았다. 아빠는 무슨 심정으로 나를 때렸을까, 자식의 입에서 나온 이혼이란 말이 괘씸했나, 아무튼 내가 기억하는 한 처음이자

마지막으로 맞았다. 엄마는 아빠랑 싸울 때마다 "안 살아 안 살아" 했다. 실제로 언니랑 나만 태어났을 때 안 살려고 외할머니 댁에 내려갔던 적이 있단다. 그런 엄마는 우리들이 있었기 때문에 이혼할 수 없었다고 한다. 두 분은 여전히 티격태격하며 함께 계신다.

그 시절

70년대 초등학교 들어가기 전까지 무엇을 하고 놀았는지 생각해보면 별 게 없다. 그 당시엔 엄마 아빠와 함께 놀았던 기억은 별로 없고 언니랑 동생이랑 놀았던 기억도 없고 혼자 있었던 느낌이다. 내가 5-6살쯤 기억일 테니 언니는 학교에 갔고 동생은 아기여서 엄마 품에 있었을 것이고 나 혼자 동네를 누비며 돌아다녔다.

대흥동, 지금 서강대학교 옆 아파트가 들어선 자리에 우리 집이 있었다. 몇 년 전까지만 해도 나무 대문의 그 집을 오며 가며 볼 수 있었다. 작은 골목을 사이에 두고 작은 집들이 빽빽이 줄지어 있었고 나는 그 작은 골목골목을 뛰어다녔다. 지금은 경의선숲길로 변해서 아주 훌륭한 휴식처가 되었지만 그때는 철길 따라 오가며 지나가는 기차의 칸수를 세었고, 철로에 귀를 대고 기차가 온다 안 온다 했다.

그 시절 가장 기억나는 것이 병 팔아먹은 일이다. 우리 집에서 나온 빈 병이 아니라 큰 가게 앞에 쌓여 있는 빈 병 상자에서 하나씩 빼다가 이른바 구멍가게(정말로 작은 가게였다, 구멍가게란 이름이 너무도 잘 어울린다)에 가져가면 맛있는 불량식품과 바꿔 먹을 수 있었다. 언제나 할 수 있는 것은 아니고 늦은 저녁, 가겟집 불만 환하게 비추고 있는 시간에 아저씨가 손님들과 얘기하는 틈을 타 하나씩 빼낸다. 내 딴엔 완전 범죄를 이루었다고 생각했지만 큰 가게 아저씨가 집으로 찾아왔고 그 이후로 그것도 더 이상 놀이가 될 수 없었다.

지금은 없어졌지만 서강대 후문에서 이대역 가는 그 길에 대흥극장이 있었다. 극장 매표소 밑으로 살살 기어 들어가서는 2층 올라가는 계단에 앉는다.

가끔 검표원에게 붙잡혀 쫓겨 나왔던 기억만 있지 당시 상영했던 영화가 기억나는 것도 아니고 영화를 봤던 기억도 없다. 난 왜 그런 놀이를 했을까. 난사람은 떡잎부터 알아본다고 했는데, 만약 매표소와 검표원 등 난관을 뚫고 영화를 봤더라면 〈시네마천국〉의 토토마냥 영화쟁이가 되어 추억을 돌리고 있었을까.

80년대 두드러진 특징을 살펴보면 야구와 농구, 씨름이 될 것이다. 스포츠가 대중화되기 이전의 문화생활이란 책과 TV가 전부였고, 정말 어쩌다가 영화관에 가는 것이 전부였다. 처음으로 봤던 영화는 〈엄마없는 하늘아래〉가 아니었나 싶다. 앞머리 싹둑 한 다부지게 생긴 남자아이와 동생, 항상 그리운 하늘나라의 엄마가 전부였던 엄청 슬픈 영화다.

13세의 김영출군은 어머니가 막내 동생 철호를 낳자마자 돌아가시고 아버지는 교통사고로 뇌를 다친 것이 재발되어 정신착란까지 일으키게 되자 어린 나이에 집안을 책임지는 소년가장이 된다.

"내 동생 철호가 배고파 웁니다. 철호가 울면 나는 ······

돌아가신 엄마 생각을 합니다. 철호를 어찌할까. 먹을 것이 없는데 어찌할까. 하다가 나도 같이 웁니다."

어린 영출군이 쓴 일기장을 모자 보건원 여직원이 보고 군청에 지원을 요청했고, 서울신문사의 기자가 이것을 보도하여 세상에 알려진 이야기가 소설로 출판되었다.

영화는 같은 이름의 아동소설을 원작으로 한다. 한진흥업에서 제작하여 1977년 6월 23일 대한극장에서 개봉된 이 영화는 당시 박정희 전 대통령이 보고 감동을 받아 전국 국민학교에 단체관람을 시켰으며, 개발도상국의 가난하던 시대를 벗어나 선진국 대열에 올라서고자 노력하는 과정에서 발생한 불우한 이야기로 많은 이들의 눈물샘을 자극하였다.

출처: 위키피디아

실화를 바탕으로 만들어진 영화로 형이 동생에 대한 마음을 독백하듯 읊조릴 때, 우리는 내 일인 양 울고 또 울었다.

처음으로 연극이란 것을 봤다. 1982년, 6학년 때 지금도 초록색 창문을 가진 서강대학교 체육관에서

보았던 서강연극회의 〈말괄량이 길들이기〉이다. 무
대는 저 멀리에 있었지만 2층으로 꾸며진 집을 배경
으로 주인공들이 오르내리며 웃음을 줬다. 서강대 졸
업생 배우 정한용이 나온다고 해서 봤던 것으로 기억
한다.

집에서 가까웠던 노고산은 내겐 하나의 놀이터
였다. 지금은 개복하여 도로가 되었으나 서강대 앞에
개천이 흘렀다. 지금은 상상조차 할 수 없는 옛말이
되었지만 당시에는 개천에서 용 난다는 말이 있었다.
바닥이 드러날 정도로 물이 흐르지 않았기 때문에 어
떻게 저곳에서 용이 나타나는지 궁금했었다.

서강대에서 흘러나오는 물이 이 개천으로 떨어
졌는데, 커다란 하수관인 콘크리트관 안으로 들어가
면 노고산으로, 서강대학교 안으로 바로 들어갈 수 있
었다. 멀쩡한 교문을 두고 왜 그렇게 들어갔는지는 모
르겠다. 그렇게 들어간 노고산은 항상 축축했고, 세상
천지에도 없을 커다란 지렁이들이 많았다. 그게 자라
서 용이 되었나. 그래서 지금은 개천에서 용 난다는
말이 사라진 건가.

벽장 속 하얀 가루

　　1970년대, 초등학교 들어가기 전 여섯 일곱 살까지만 해도 집집마다 벽장이란 것이 있었다. 숨바꼭질하기에 벽장은 숨기도 찾기도 쉬운 장소였다. 벽장 안엔 주로 하얀 가루가 비닐봉지째로 들어가 있었다.

　　그날도 친구 집에 놀러 갔다가 몰래 벽장문을 열고 손을 뻗어 한 움큼 집어 입안으로 털어 넣었다. 아뿔싸! 이상하다. 이건 뭐지? 내가 찾는 하얀 가루가 아니다. 몸서리쳐지게 이상한 맛을 느꼈지만 친구들 앞이라 뱉지도 못하고 삼켰다.

　　어릴 때의 경험 때문인지 유달리 조미료에 민감

하다. 지금은 많이 나아졌지만 조미료가 많이 들어간 음식들이 있다. 먹고 나면 속도 기분도 안 좋다. 어릴 때 그 기억이 떠오른다. 몇 년 전 TV 프로그램에서 자장면에 조미료가 한 국자 가득 들어간다는 얘기를 접한 이후로 자장면도 끊었다.

요즘이야 '우리 가게는 MSG(조미료)를 넣지 않습니다'라고 대문짝만하게 써 붙여 놓을 정도로 맛에 대한 인식이 달라졌지만 미원(대상)과 미풍(제일제당) 그 둘의 역사, 전쟁은 실로 대단했다고 한다. 故 이병철 회장이 자신의 회고록에 '살면서 내 맘 같지 않은 것이 세 개 있는데 자식, 골프, 그리고 미원'이라는 말을 했을 정도라니.

벽장 속 또 다른 하얀 가루는 설탕이었다. 조미료와 비교했을 때 동글동글 작은 알갱이가 반짝거린다. 그때 벽장이 좀 더 밝았으면 설탕을 집어 먹었을 텐데.

당시 설탕이 비싸긴 했나 보다. 설탕을 녹여 소다를 넣고 부피를 잔뜩 키워 장사를 했으니 말이다. 달고나 또는 뽑기(뽀끼)라고 하는데, 내가 아는 뽀끼는 하얀 설탕을 녹여 소다를 넣어 노랗게 만든 것이고, 달고나는 하얀색 고체를 뽀끼보다 큰 국자에 녹여 소다를 넣으면 뽀끼보다 덜 노랗다. 달고나는 물을 부어 뽀글뽀글 국물을 먹을 수 있다는 점이 다른 점이다.

뽑기는 별 모양과 하트 모양, 이상하게 난이도 높은 모양 등이 있다. 초등학교 1학년 때에는 침을 묻히면 꽝이라고 해서 바늘로 콕콕 찔렀고, 새 것과 맞교환했을 때 함께 했던 엄마도 좋아하셨다.

지금은 인터넷 쇼핑으로 집기를 사다가 집에서 만들어 먹을 수도 있는데, 뽑을 때의 아슬함과 깨졌을 때의 안타까움은 그때만큼 느낄 수 없다. 그래도 옛날 그 맛을 느끼고 싶다면 대학로나 광화문 교보문고에 가보시라. 연탄불로 녹이지는 않지만 그 맛을 느끼기에 충분하다.

I like Chopin

내 방 한구석엔 CD와 카세트테이프가 빼곡히 쌓여 있다. 언젠가 기억 속에서 사라지게 될 노래들이지만 듣고 있노라면 그때의 감정과 장소, 그 시절의 일상이 새록새록 떠오른다.

1977년 겨울, 초등학교 1학년인 나를 데리고 6학년 언니는 기차를 타고 대구 외할머니 댁에 놀러 갔다. 그때 난 900원짜리 새 운동화를 신고 있었고 기차에서 달걀과 사이다를 먹었다.

외할머니께서는 하루 종일 라디오를 켜고 지내셨는데, 그때 들었던 노래가 〈가시리〉이다.

가시리 가시리 잇고 청산에 가시리 잇고 머루랑 다래랑 먹고 ~ 얄리 얄리 얄라셩 ~

중학교 국어시간에 〈가시리〉를 배우면서 내가 들었던 노래 〈가시리〉가 고려가요 〈가시리〉와 〈청산별곡〉을 섞어 만든 노래라는 것을 알았다.

나는 연탄불에 라면을 끓였고, 아궁이 앞에 앉아 끓기를 기다리면서 익었는지 안 익었는지 알 수 없어 노란 뚜껑에 조금씩 먹다 보면 어느샌가 바닥이 보여 언니한테 혼나기 일쑤였다.

~~~"~"~"~"~

중학교 2학년이었던 나는 짝꿍 선주네 집의 두 평 남짓한 어두운 방 안에서 〈안녕하세요 2시의 데이트 김기덕입니다〉를 들었다. 1학년 때 정철 영어 카세트테이프로 영어공부를 시작했던 나는 고급지게도 〈I like Chopin〉, 〈Eye in the Sky〉, 〈Careless Whisper〉 등의 팝송을 따라 불렀다. 당시 영어 선생님은 특별히 〈The Sound of Silence〉 가사를 복사해 나눠주셨고, 대학생인 언니는 《Time》지를 끼고 다녔다.

짝꿍 선주의 엄마 아빠는 과일가게를 하셨는데, 하루 종일 가게에 계셨기 때문에 마주치는 일은 거의 없었다. 대신 집안일은 선주의 몫이었는데, 착한 선주는 엄마 아빠가 고생하신다는 말을 자주 했다. 선주가 5시쯤 밥을 해야겠다고 하면 나는 집으로 왔다. 지금도 이해할 수 없는 선주는 엄마가 자기 손에 꼭 맞는 고무장갑을 사주셨다며 좋아했었다.

––––″–″–″–″–″–

중학교 3학년 들국화를 알게 되었다. 친구 집 현관에서 들려오던 노래, 고3이었던 오빠 방 전축에서 '행진 ~ 가는 거야, 행진 ~ ' 하며 들국화 노래가 들렸다. 혹시나 오빠와 마주칠까 조마조마하며 들었던 그런 때가 있었다.

지금까지도 최애 그룹이 된 데에는 그들의 머리 스타일이 주된 요인이 아닌가 싶다. 뭔가 다른 세상에 살고 있는 사람들, 또 다른 세상을 꿈꾸는 그들을 사랑했다.

〈행진〉, 〈그것만이 내 세상〉 등 노래를 들으며 이대로 가만있지 않을 거라는 '나아감'과 남들이 손가락질하고 인정하지 않더라도 나는 나의 길을 가련다는 '꿋꿋함'이 전해져 중학교 3학년, 여학생의 노래가 되었다.

지금은 〈오후만 있던 일요일〉, 〈사랑한 후에〉를 듣는다.

－－－〃－〃－〃－〃－〃－

친구들이 하나둘씩 남자를 만나고 사랑을 하고 군대를 보내고 이별을 하고 시간이 흘렀다. 많은 이들이 내 친구들과 같았는지 윤상과 이승철, 김광석은 국민가수로서 자리매김을 하였다. 〈마지막 콘서트〉(1989), 〈입영열차 안에서〉(1990), 〈이등병의 편지〉(1993) 등 절절한 가사의 노래들이 흘렀다.

지금도 기억난다. 기하학인지 대수학인지 수업 중에 친구가 운다. 창문으로 날아가는 비행기를 보니 주체할 수 없을 정도로 눈물이 나더란다. 그날 친구의 남친은 입대를 하였다.

또 다른 친구는 노래방에서 이승철의 〈마지막 콘서트〉를 부르며 울었다. 그때도 지금도 울게 만든 그 남자는 누구인지 알 수 없다. 가슴속 깊이 사랑한 사람이 있었나 보다.

2000년 8월 독일 브란덴부르크 문을 뒤로 그 넓은 대로를 걸으며 한 남자를 생각한다. 휴대용 CD 플레이어에서는 타샤니의 〈하루 하루〉가 흐른다.

우리들의 인권은
어디에도 없었다

초등학교 6학년, 그러니까 1982년까지만 해도
학교에서 위생검사를 했다. 당시 물이 귀했던 것인지
위생관념이 없어서였는지 다들 잘 안 씻고 다녔다. 담
임선생님은 복도에 한 줄로 서라고 했고 손과 발을 내
보이라고 했다. 아이들은 하나둘씩 추출되었다. 어느
날 갑자기 복도에 나가 양말 벗으라 하면 아이들의 꾀
죄죄한 더러움과 불시검문 당하는 우리들의 수치스
런 더러움이 혼합되었다.

내가 다녔던 여자중학교 학생주임은 '현큘라'로
불렸다. 성이 현씨인데 드라큘라처럼 찍히면 죽음을

면치 못했다. 매섭게 찢어진 눈으로 아침이면 교문 앞에서 염색한 아이들을 골라내셨고, 하루 종일 복도를 돌아다니며 맘에 들지 않는 아이들을 찾아내어 귀를 잡아당기거나 따귀를 날렸다.

학교 선생님들은 몽둥이를 가지고 다니셨다. 특히 체육선생님은 커다란 대걸레 몽둥이를 가지고 다니며 교탁을 내리치셨고 머리카락을 뒤로 날리며 위엄을 내보이셨다. 중학교 2학년 때 담임선생님은 궁도부 담당이었는데, 성적표가 나오는 날이면 우리들은 책상 위로 올라가 무릎 꿇고 벌을 섰다. 담임선생님의 호명 소리에 한 명씩 앞으로 나가서 떨어진 등수만큼 엉덩이를 맞았다.

선생님과 엄마의 면담이 있는 날이면 엄마들의 봉투는 공공연하게 선생님들에게 전해졌다. 하루는 엄마가 오셨나 싶어 교실 너머로 들여다본 적이 있는데 때마침 하얀 봉투를 받는 선생님과 눈이 마주쳤다. 담임선생님은 밖으로 나오셔서 웃으며 여기서 뭐 하냐고 멀리 가라고 휘저으셨다.

여고 가정선생님은 우리들에게 버스 이쁘게 타

는 법을 알려 주셨다. 버스 안에서 다리를 어떻게 벌려야 차가 흔들리더라도 넘어지지 않으면서 이쁘게 서 있을 수 있는지 하는 것이었다. 학교 선생님은 여고의 우리들에게 온전히 '여자'로 사는 법을 수업시간에 알려 주셨다.

고3 우리 반 친구 중 하나는 무조건 ○○여대를 가야 한다며 점수대가 가장 낮은 학과를 지원했다. ○○여대를 나와야 시집을 잘 갈 수 있단다. 지금은 사용하지 않는 용어지만 시집간다는 말이 자연스러웠던 때였고, 그러려면 얼굴이 예뻐야 하고, 몸에 흉터가 없어야 하고, ○○여자대학교를 나와야 했다.

20대 초반, 1990년의 일이다. 남자 몇 명이 같이 놀자며 이대역에서부터 쫓아왔다. 싫다고 분명히 의사를 밝혔지만 계속 따라왔고 나와 친구는 파출소로 피신을 했다. 파출소 경찰들은 더 가관이다. 젊은 남자가 젊은 여자 쫓아오는 게 뭐가 문제냐며, 오히려 좋아해야 하는 거 아니냐며 우리를 나무랐다. 파출소의 당돌한 반응에 어이없었지만 남자들이 사라지길 기다렸다가 나왔다. 남자들은 기다리고 있었고, 발로 한 대 차고 한 대 맞고 그러고서야 끝이 났다.

초등학교, 중학교, 고등학교 12년 동안 학교엘 다녔지만 정작 우리는 무엇을 배웠던 것일까.

나는 이기적,
아빠는 Good Man

　　나의 고등학교 생활기록부를 보면 고1 때 담임 선생님이 쓴 글이 있다. '이기적이어서~.' 고1 학생에게 선생님이라는 사람이 이런 말을 하다니, 그것도 평생 남을 생활기록부에. 담임이 아무리 이상한 사람이었다 하더라도 고등학교 때의 나를 돌이켜보면 그랬을 수도 있겠다 싶다. 고1 올라가서 공부에 방해될까 봐 친구를 사귀지 않았다. 그해 봄소풍 때 혼자 걸었던 기억이 난다. 당시는 지금과 같지 않아서 삼삼오오 무리를 지어 함께 다녔다. 특히 소풍과 같이 외부에 나갈 때면 미리 같이 갈 사람을 찾아 약속 잡고 가서도 더욱 친한 양 그렇게 행동하는 것이 일반적이었다. 그런데 나도 처음이었다. 그 낯선 장소에서 낯선 나의 행동에 적잖이 놀라며 내가 이래도 되는 건가 했던 그 기억이 있다.

공부에 방해될까 봐 하는 핑계도 있었지만 굳이 좋은 사람인 양 보일 필요도 없다고 생각했지 않았을까? 나나 잘 하세요 하는 마음이 크지 않았을까? 아직도 기억나는 것이 고1 가을, 아빠처럼 살지 않겠다고 다짐했던 때가 있었다. 누구에게나 좋은 사람으로 인정받는 아빠 때문에 우리가 고생한다고 생각했다. 사람이 좋아서 쉽게 사기당하고, 땅문서를 뺏겨도 본래 내 것이 아니었다고 말하는 아빠였다. 그러나 당신은 현실의 팍팍한 삶에 괴로워했다. 그런 아빠를 곁에서 지켜보면서 좋은 사람이고 뭐고 내 것이나 지키면서 살자는 생각을 했던 것 같다.

아빠는 여전히 누구에게나 좋은 사람이다. 딸들도 인정하고 사위들도 장인어른 같은 남자는 없을 것이라 한다. 단 한 사람, 엄마에게만은 아직도 좋은 사람이 아니다. 고생을 많이 시켰다고, 이루 말할 수 없이 속을 많이 썩였다고 그 싫음이 한 바가지이다. 그 영향 때문일까, 둥근 달을 보며 기도하는 것 중 하나가 엄마 아빠가 서로에게 만족하며 여생을 사셨으면 하는 것이다.

좋은 사람이라고 소개받아 결혼한 거 아닌가? 당신 아버지로부터 좋은 사람이라고 소개받아 결혼했는데, 그 좋은 사람을 외할아버지는 친구로부터 소개받았고, 그 친구는 자신의 아들을 소개해준 건데, 이보다 더 확실한 관계가 어디 있단 말인가? 그런데 결혼해보니 좋은 사람이 아니었다?

갑자기 좋은 사람이란 어떤 사람을 말하는 것인지 궁금해졌다. 우리는 노래를 불러도 '좋은 사람 있으면 소개시켜줘' 하지 않는가. 영화제목도 〈Good Man〉이 있고, 다들 Good Man이려고 한다. 한날한시 그 몇 분 몇 초 차이로 태어난 쌍둥이도 서로가 다른데 많은 관계 속 사람들 모두에게 Good Man일 수 있을까. 한 사람에게만큼은 Good Man이겠다고 사랑하고 결혼했는데도 Good Man이라 할 수 없는데, 왜 Good Man을 찾고 Good Man이 되겠다는 것일까?

나는 Good Man이려 하지 않는다. Good Man
이 되겠다고 생각지도 않는다. 어떤 사람이냐고, 어
떤 사람이 될 거냐고 물으면 사람으로 태어났으면 이
름은 남겨야지 하는 생각 정도랄까? 내가 Good Man
이려 하지 않더라도 내게 Good Man은 어떤 사람인
지 정의할 수 있을까 생각해 봤다. 나를 있는 그대로
봐주고, 내게 필요한 그 어떤 것도 구해다 주고, 내가
좋아하는 것을 함께 즐길 수 있고, 같이 있으면 정신
과 마음이 꽉 차게 즐거운 사람, 그런 사람이 내게는
Good Man이다. 그런데 세상에 없다. 왜냐하면 이
렇게 갖춘다 해도 한순간이라도 내가 올곧게 보지 않
으면 그 어떤 사람도 Good Man이 될 수 없기 때문
이다. 그렇다면 내가 항상 올곧을 수 있을 때, Good
Man도 세상에 모습을 드러낸다는 것인데 나는 과연
언제나 올곧을 수 있을까?

나의 Good Man은 전설 속의 유니콘이 되어 주
위를 맴돈다.

그대 떠난 빈들에 서서를 들으면 눈물이 난다

　지금은 없어졌지만 연말이면 〈MBC 대학가요제〉가 큰 인기였다. 많은 쟁쟁한 가수들이 대학가요제를 통해 가요계에 입문을 하였고, 출전과 수상 대학생들의 출신학교는 우리들의 흥밋거리 중 하나였다. 그중에 유명했던 그룹이 1988년 무한궤도였는데 서울대, 연세대, 서강대 연합 밴드로 보컬을 맡은 신해철은 생긴 것도 스타일도 노래도 신념도 좋아서 큰 사랑을 받았다.

　내게 있어 대학가요제 하면 뭐니 뭐니 해도 신해철의 모교인 서강대학교의 에밀레가 아닌가 싶다.

〈그대 떠난 빈들에 서서〉라는 곡으로 1983년 대상을 받았는데 세 명의 굵직한 목소리를 듣고 있노라면 무언가 해야 할 것 같고 무언가를 전하려 하는 것 같아 숙연해진다. 하지만 어느 날부터인가 금지곡이 되었고 어디서도 들을 수가 없었다. 데모歌라는 말도 있고 당시 정권을 비판하는 가사를 담고 있다며 금기시되었다.

〈그대 떠난 빈들에 서서〉

저 너머 빈들에 울어지친 소리는
내 텅 빈 가슴을 채우니
어느 하늘 밑 부드러운 손길 있어
그 소리 조용히 달랠까!

나는 한 마리 날으는 새가 되어 그대 곁으로 날아가리라

그대 가슴속에 흐르는 눈물
가득한 곳으로

비바람 가슴으로 흩날리며

우 우~~~~

저 새가 날으는 날 우리 모두 알리라

그 소리 그 깊은 아픔을

모두 나아가 조용히 머리 숙여

그 소리 그 아픔 맞으리라

나는 한 마리 날으는 새가 되어 그대 곁으로 날아가리라

그대 창밖에 슬픔을 따다가 내 꿈 깊은 곳에 심어두리라

그대 가슴속 아픔을 따다가 내 꿈 깊은 곳에 심어두리라

난 날아가는 한 마리 새가 되리 그대 가슴속 한 마리 작은 새 되리라 되리라.

　　마포에서 나고 자란 나는 서울여자 중학교(1983년부터 1985년)와 이화여자 고등학교(1986년부터 1988년)를 다녔기에 연세대학교와 서강대학교, 이화여자

대학교 등 대학들이 주위에 있었다. 대학가 근처에 살다 보니 중학교·고등학교를 다니는 6년 동안 언니 오빠들의 손에 쥐어진 깨진 벽돌과 화염병을 보았고, 하늘 높이 솟아오른 커다란 깃발 아래 행진하는 언니 오빠들의 처절함을 들을 수 있었다.

어렵게 힘들게 공부해서 이렇다 할 좋은 학교에 들어간 언니 오빠들은 왜 데모를 하는 것일까, 무엇이 그들을 더 이상 참을 수 없게 하였을까. 무슨 까닭에 데모를 하는 것인지, 학교 밖으로 뛰쳐나와 울부짖는 것인지 누구도 알려주지 않았다. 학교에서도 집에서도 "대학생들이 하라는 공부는 안 하고 데모만 한다, 나라가 어떻게 되려고⋯⋯"라며 어른들은 나라를 걱정했다.

우리들은 데모와 최루탄으로 학교 수업을 제대로 받지 못했고, 서울역인지 시청인지 향한다는 소식과 지금은 없어진 아현 고가를 탄다는 소식을 들을 때면 당장 어떻게 집으로 갈지를 고민했다. 수업 중에도 물 적신 손수건을 준비했고, 선생님들은 최루탄을 빨리 씻어내는 방법에 대해서 알려주셨다.

백골단이라고 들어보셨는지, 전투복이 아닌 청으로 된 옷을 아래위로 입고 하얀 헬멧을 착용한 사복 경찰을 말한다. 그들은 신분증과 가방 검색을 했고, 불온서적이나 수배 중인 학생을 찾아내느라 주로 대학가 주변에 포진되어 있었다. 저 멀리서 백골단의 모습이 보이면 괜히 긴장부터 해야 했다.

　한번은 홍익대학교 앞을 지나는데 가방을 보여 달라며 다가왔다. 무섭기도 했지만 '지가 뭔데' 하는 마음도 있었다. 무엇보다 그들이 원하는 걸 가지고 있지 않았기에 "싫어요" 하며 아무렇지도 않은 척 지나쳤다. 하지만 내 속은 이미 내 속이 아니었다. 어찌나 심하게 심장이 터질 듯이 뛰었던지, 그들이 따라오지 않는다는 것을 알았을 때 비로소 숨을 내쉴 수 있었다.

　나와 같은 세대인 사람들은 기억할 것이다. 신문이나 TV 뉴스에서 전투경찰과 대학생들이 무슨 대결이라도 벌이는 듯 맞서고 있는 장면을 말이다. 함께 공부하던 친구가 갑자기 군대 간다고 하더니만 지금 내 앞에 전투경찰의 모습으로 서 있다. 얼마 전까지만 해도 나와 함께 시국을 걱정했던 친구인데, 하나는 학생으로 다른 하나는 전투경찰로 서로를 향해 화염병을 던지고 방패로 막아서며 몸싸움을 벌인다.

지금 보아도 눈물 나는 사진. 시민들이 전투경찰들에게 다가가 장미꽃을 건네며 '우리는 당신들을 미워하지 않아요'라고 마음을 전한다. 오늘은 최루탄을 좀 쏘지 말라고 오늘은 좀 살살 하라고 우리가 싸워야 할 대상은 당신들이 아니라는 뜻을 전한다. 또 다른 사진에서는 전투경찰과 학생들이 맞선 상황에서 전투경찰 1인과 학생 1인이 서로 아는 사이인 듯 악수를 한다.

누구를 위해서 무엇을 위해서 서로를 대상으로 각자의 본분을 다하고 있는가?

고야의 그림 중에 〈The 3rd of May 1808 in Madrid〉가 있다. 프랑스군이 대항하는 스페인 시민들을 무차별적으로 학살한 사건을 다룬 그림이다.

시민들을 향해 총을 겨누고 있는 군인들은 등을 돌리고 있을 뿐 어떠한 감정도 느낄 수 없다. 바닥에는 죽은 사람들이 보이고, 줄지어 죽음의 도가니로 향

하는 시민들의 표정을 읽을 수 있다. 다가올 죽음에 떨고 있는 사람들의 얼굴엔 공포와 체념이 역력하다. 그중 희망 없다는 것을 알지만 그래도 마지막 항변이라도 하듯 두 팔 벌려 환하게 대적하는 시민이 있다.

나의 중·고등학교 시절 TV 속에 비친 창백한 언니 오빠들과 갑옷과 방패를 든 전투경찰들의 모습과 무엇이 다른지 묻고 싶다.

〈그대 떠난 빈들에 서서〉는 지금도 가끔 듣는다. 들을 때마다 눈물이 난다. 당시 말하지 못한 처절함이 곡 속에 들어 있고 풀어내지 못한 아픔이 그대로 밀려온다.

이 곡에 대해서 알게 된 것은 그 후로 한참 지나서이다. 이 곡은 1982년 최전방 철책선에서 경계근무를 하다가 의문사한 서강대학교 출신 故 김영민 소위를 추모하기 위해 친구인 에밀레 멤버가 만들었고, 1983년 대학가요제에서 대상을 받았지만 바로 금지곡이 되었다. 故 김영민 소위는 얼마 전 2018년 36년 만에 순직을 인정받았다.

내 나이 마흔,
불혹일까 불안일까

지금까지 살아오면서 항상 뭔가를 해야 한다는 강박관념 속에서, 나 자신을 세울 수 있을 때 남들과 동등할 수 있다고 생각했고, 그것이 나만의 것, '나'라는 존재를 만들어 가는 과정이라고 생각했다. 지나고 나서 생각해보면 '해야지 해야지~~' 했던 일들은 다소 시간은 걸리긴 했지만 이루어졌다. 다소 시간이 걸렸다는 것은 그만큼 내가 간절히 원하지 않았던 것이고 이룰 자신이 없었기에 미뤄왔던 것일 게다.

그런데, 내가 이렇듯 하려고 하고, 해야지 하는 것은 무엇 때문일까? 어찌 보면 굳이 박사학위가 필요한 것도 아닌데. 이쪽 분야에 와서 7년, 나름 무지 공부해가며 지금까지 왔는데 뭔가 채워지지 않은 허함이 한편에 있다. 전공이 아니기에 당당함이 부족했고, 실무와 이론이 막역하기에 '공부'가 필요했다. 공부야 하면 되는데 굳이 박사과정에 들어가는 이유는, 공부에 대한 욕심과 이왕 공부하는 거 나도 만족하고 남에게도 인정받고, 그 두 가지를 만족할 수 있는 것이 학위라고 생각했기 때문이다.

그런데, 이게 다 불안에서 비롯된 것일 게다. 5년 공부해서 10년 버티고, 또 공부해서 얼마 안 되는 시간 동안 만족하고. 이것이 인생인가? 아님 내가 나에게 만족하고 세상의 시선을 의식하지 않고 살 수만 있다면 굳이 공부하지 않아도 되는 것인가?

다행인 것은 존 밀턴은 "더 이상 공부를 할 필요가 없다고 생각하는 순간부터 우리는 진리에서 멀어진다. 우리에게 주어진 삶은 우리가 마땅히 받을 자격이 있어서 받는 것이 아니라 우리들에게 감추어진 새로운 진실을 반드시 찾으라고 주어진 것이다"라고 말했다. 공부를 안하고는 이 세상에 존재할 이유가 없는 것이다.

알랭 드 보통은 시대를 거슬러 지금까지 사람들은 지속적인 새로운 잣대를 가지고 자신들의 불안을 합리화시키고 있다고 했다. 사람들이 불안해하는 것은 세상이 나를 고립시키고 나를 인정하지 않기 때문에 갖는 두려움 때문이라고 했다.

예를 들어 가난한 자들이 그 시대를 살 수 있다는 것은, 노동의 신성함에 가치를 두어 일을 열심히 하는 사람이기에 세상 사는 것이 부끄럽지 않다거나, 하나님을 믿고 안 믿고가 잣대가 되어 가난할지라도 하나님의 자녀이기에 세상 사는 것이 부끄럽지 않다는 것이다.

2007. 7. 31

　　이렇게 시작된 공부는 2011년 종료되었고, 박사로 불리며 살고 있다. 지금은 박사 수명이 다하는 2021년 이후 먹거리를 위해 스페인어를 공부하고 있다.

나이 쉰에 금주를 해보니

간혹 맥주의 톡 쏘는 맛과 와인의 떫은맛이 그리웠다. 맥주는 스파게티나 떡볶이 먹을 때 꽉 찬 느낌을 주고, 와인은 고기 먹을 때 적신 듯 부드러움을 준다. 어쨌든 끊었고 견뎠다.

기억력 감퇴와 머릿속 희미함, 내가 한 행동에 대한 미심쩍음이 나의 결단을 이끌었다. 나는 현재 만족한다. 술을 끊었다는 말에 아빠는 웃으며 그냥 흘리신다. 대학교 1학년 때, 술 취한 딸을 데리러 나오셨고, 아침에 속 아프다는 소리도 많이 들으셨지만 그때마다 술국을 끓여 주셨다.

20대인 대학 4년 동안, 30대인 한국방송통신대학교 근무 2년 동안, 40대인 경기도 근무 2년 동안 엄청난 양의 술을 마셨다. 밖에서는 하루가 멀다 하고 마시지만 집에서는 거의 마시지 않는다. 우리 집 사위들이 처형은 왜 이렇게 술을 안 마시냐며 가장 아쉬워하는 부분이다.

술을 끊으니 시간이 많다. 자연히 모임이 줄었고 모임을 갖더라도 10-11시면 끝난다. 정신이 멀쩡하다 보니 늦게 들어와도 일을 할 수 있고 아침에도 멍하니 허투루 보내지 않는다. 내가 왜 그랬을까 자책할 일도 없고, 저녁 산책이 늘어나고 내게 집중할 수 있어서 좋다.

대신 재미는 좀 없다. 술 마시면 허한 말도 하고 실수도 하며 다음 날 웃을 일이 생기는데, 이건 뭐 잘 들어갔냐는 안부도 없다. 특별히 할 얘기가 있는 거 아니면 선뜻 만나자는 말도 않는다. 술 대신 먹게 되는 밥으로 배가 꽉 차 2차로 마시는 커피도 좋지만은 않다.

술값으로 나갔던 식비가 현저히 줄었다. 술 마

신 다음 날 아침에 일어나 영수증 보는 게 일이었는데. 그렇게 나간 술값만 모아도 집 한 채는 너끈히 샀을 텐데. 우후. 지금은 다양한 주전부리와 취미활동, 영양제로 많이 쓰고 있기는 하지만 온전히 나를 위해 쓴다.

모임의 목적이 바뀌었다. 밤새 술 마시며 얘기하자고 이벤트도 꾸몄었는데, 만나서 즐겁고 마셔서 즐겁고 했는데, 이제는 장소와 주제에 중점을 둔다. 일상을 나누며 요즘 어찌 지내는지 보자고 약속을 잡는 것이 아니라 어디 좋은 곳이 있으니 가보자, 이거 하려는 데 같이 가보자가 된다.

살도 덜 찐다. 술 때문에 차를 팔기도 했지만 걸어 다니는 양이 많다. 안주를 많이 먹는 편도 아니지만 술의 칼로리가 높다 하니 끊으니까 운동을 덜 해도 예전보다 몸무게가 덜 나간다.

언제까지 금주하냐, 조금씩 마시는 것은 괜찮다
며 나보고 극단적이라는 이들도 있다. 이왕 시작한 거
1년을 참았다. 하지만, 외국 나가서는 특히 유럽의 음
식들 앞에서는 금주를 잠시 중단하였다.

2부

신념에 관하여

아빠는 우리들에게 '네 주먹을 믿으라'고 하셨다.

아빠는 당신의 주먹을 믿는다고 하셨고,

너희들도 누구에게 의지하려 말고

네 자신을 믿으라고 하셨다.

공부를 하고 성적표를 받고 어찌 되었든

칭찬을 해주셨다.

그다음 환하게 웃으시며 다음엔

그 이상을 해보자고 하셨다.

나는 아빠가 환하게 웃는 모습을 좋아한다.

뒷바라지에 관하여
─하고 싶은 거 다 하라고

　살면서 누군가를 믿는다는 것은 삶을 살아낼 수
있는 원동력이다.

　아가들이 세상 떠나라 울어대는 걸 볼 때면 '쟤는
뭘 믿고 저렇게 우는 걸까' 싶다. 아가들이 엄마 품속
에서 쌔근쌔근 잠이 들고, 배가 고프거나 뭔가 마음에
안 들 때 울 수 있는 것은 엄마와 아빠가 원하는 것을
해줄 거라는 믿음이 있기 때문이다. 아가들의 이러한
행동은 당신들이 나의 부모니까 당연히 나를 보살펴
야 한다는 믿음이 태어날 때부터, 엄마 배 속에 있을
때부터 생긴 것은 아닐까?

믿음이란 그동안의 일관된 행동들에 기반해서 조건-반사적으로 갖게 되는 마음이다. 발로 차면 반응하고, 울면 달래주고, 넘어지면 일으켜주고, 재롱부리면 웃어주고, 뭐라 말하면 답해주고, 착한 짓 하면 좋아해주고 등을 겪으면서 자연스럽게 믿음의 원을 그렸고, 자라면서 조금씩 조금씩 반경을 넓혀 나간다.

자식이 말귀를 알아듣고부터는 조건-반사적으로 해왔던 행동들이 줄어든다. 자식도 부모도 서로가 지켜보며 반응해줄 수 있는 시간적 여유가 없다. 자식들은 학교로 학원으로 돌아야 하고, 부모는 집안일에 바깥일에 서로가 바쁘다. 어느 순간 부모는 조건을 내건다. 네가 하고 싶다면 부모인 내가 책임지고 다 해주마.

아빠도 그랬다. 초등학교 다닐 때부터 "유진아, 하고 싶은 거 다 해, 아빠가 다 해줄게"라 하셨고, 공부하고 있는 내 뒤에서, 상장을 내밀 때면, 성적표를 바라보며, 그럴 때마다 하고 싶은 거 다 하라고, 뭐가 되었든 아빠가 다 해줄 거라고 하셨다.

고등학교를 다니면서 나의 한계를 알게 되었고, 자연스럽게 하고 싶은 거, 할 수 있는 게 줄어들었다.

아빠가 다 해줄 거라고 했는데 공부를 해달라고 할 수도 없고, 할 수 있는 게 없다고 말할 수도 없었다. 집과 학교, 독서실을 오가는 동안 아빠를 대할 시간도 줄었고, 아빠를 피하게 되었다.

아빠의 기대에 못 미치는 대학이라 합격통지를 받고도 등록금 내달라는 소리를 한동안 못 했다. 대학에 입학하고 컴퓨터를 접하면서 컴퓨터 프로그래머가 되겠다는 새로운 꿈을 가지게 되었다. 아빠는 좋아하셨고, 다시금 뭐든지 하고 싶은 거 하라는 말씀을 오랜만에 들었다. 강남에 있는 유명한 컴퓨터 학원을 다녔고, 대학원엘 다니면서 자격증과 학력을 만들었다.

그 후로도 잘 다니던 회사를 그만두고 서른여섯에 캐나다로 떠났고, 한국으로 들어오기 전에도 여행을 하겠다고 지원금을 요청했다. 가진 돈이 없어도 자동차를 여러 번 사고, 박사과정 내내 돈벌이를 하지 않을 수 있었던 건 아빠라는 존재가 뒤에 있었기 때문이다.

친구들이 부모가 되고 그의 자식들이 웬만큼 성

장을 하고 보니 말과 행동이 다르다. 대학을 보내면 이후로는 그들 몫이라고 했었는데 아르바이트도 못하게 하고, 견문 넓히겠다고 여행 가는 애들의 호텔과 차편을 일일이 다 끊어주고, 현지에서 터진 문제도 대신 처리해주고. 자식 결혼할 때 아파트 하나씩은 해줘야 한다며 재테크를 하고 있다.

멀리 갈 것도 없다. 우리 부모님은 자식들이 결혼을 했어도 곁에 끼고 사신다. 2층은 부모님, 3층은 막내, 4층은 셋째, 5층은 언니네가 살고 있다. 우리들이 늙어 수입이 없더라도 이 집에서 나오는 월세를 받으면 기본적인 공과금은 낼 수 있을 거라고 다 마련해 놓으셨다며 뿌듯해하신다. 돌아가실 때 얼마씩 주겠다고 저금도 하신다.

자식 된 입장에서는 '하라고 했잖아, 해준다고 했잖아' 하며 부모의 역할과 의무를 생각한다. 부모 된 입장에서는 본인의 역할과 의무를 어디까지 규정하는지 알고 싶다. 규정의 필요성이나 규정을 해야 한다는 당위성에는 동의를 하는지. 이러한 것들이 현실적으로 가능한지 알고 싶다.

형평성에 관하여
—형제라도 똑같지 않다고

키가 큰 사람과 키가 작은 사람이 있다. 두 명 모두가 저 너머 멋진 풍경을 보고 싶다. 둘 다 보게 하려면 키가 작은 사람에게는 받침대가 필요하다.

키가 큰 사람과 키가 작은 사람이 있다. 두 명 모두에게 같은 높이의 받침대를 제공하면 키가 큰 사람은 저 너머 멋진 풍경을 더 넓게 더 높은 곳에서 볼 수 있고, 키가 작은 사람은 저 너머 멋진 풍경을 볼 수 있다.

형평성이란 무엇인가. 두 사람에게 같은 높이의 받침대를 제공하는 것을 말하는가, 키가 작은 사람에게 받침대를 제공해서 두 사람 모두가 같은 것을 보게 하는 것을 말하는가.

형평, equity란 '균형이 맞음'으로 상황에 맞도록 규칙을 유연하게 적용하는 것이다. 비슷한 용어로 사용하는 공정은 '공평하고 올바름', 출발선의 평등을 의미하며, 이는 경쟁의 조건과 기회가 동일해야 함을 의미한다. 공평은 '어느 쪽으로도 치우치지 않고 고름'으로 결과의 형평성을 언급할 때 사용한다.

같은 배 속에서 나고 자라도 어느 순간엔 가진 것들이 서로 다르다. 어려서는 공부를 얼마나 더 했는가, 타고난 손재주를 얼마나 더 발전시켰는가, 어떤 기회가 더 주어졌는가 등 거쳐 온 과정을 통해서 결과가 달라진다. 커서는 주어진 것을 어떻게 관리했는가, 얼마나 키웠는가, 어떻게 했는가 등에 따라 결과가 달라진다.

부모는 특정 자식에게 치우치지 않고 고르게 올바르게 키웠다고 한다. 자식들이 서로 다른 능력을 보이는 것은 그들의 몫(팔자)으로 생각한다. 같은 양의 노력을 들였다고 해도 자식에 따라 차이가 날 수 있다는 것이다. 반면, 자식은 서로 다른 능력의 차이를 보이는 것은 부모의 뒷바라지에 달렸다고 생각한다. 부모가 쏟는 노력이 모든 자식들에게 똑같이 적용되어야 하는 것이 아니라 조절을 해서 자식들의 능력이 어느 정도 같아지도록 해야 한다는 것이다.

어느 날 막내가 왜 자기한테는 공부하라고 안 했냐고, 공부를 시켰어야 하지 않았냐고 화장실에 앉아 볼일 보고 있는 엄마에게 따졌다. 막내 나이 40이 넘어서 일어난 일이다. 엄마는 지금도 약간 울컥하며 억울하다는 듯 감정을 잔뜩 실어 말씀하신다. "내가 안 시킨 거냐, 자기가 공부를 안 해놓고 지금에 와서 왜 그러냐"고.

남자형제가 있으면 자식에 대한 형평성은 애초에 없다고 본다. 다행히도 우린 딸들만 있었기에 같은 출발선상에서 시작할 수 있었다. 엄마 아빠가 우리들에게 해준 것을 보면 나름의 규칙이 있었다. 첫째라서 혹은 막내라서 뭔가를 더 해주었다고 생각하지 않는다. 첫째와 셋째를 한 팀으로, 둘째와 넷째를 한 팀으로 묶어 추석 때는 첫째와 셋째의 베갯잇을 해줬으면,

설날 때는 둘째와 넷째의 베갯잇을 해주셨다. 첫째 둘째의 잠바를 먼저 사주고, 그다음에 셋째 넷째의 잠바를 사주셨다. 뭐든 네 명에게 똑같이 네 개를 해주셨고, 약속된 순서가 있었기 때문에 불공평하다고 느끼지 않았다.

그런데 학교에 가고 성적을 받고 학원엘 가고 하는 것은 전적으로 자식들의 몫이다. 똑같이 대학 등록금을 내주고 싶어도 대학을 간 놈과 안 간 놈이 있다. 공부 안 하는 놈을 붙들어다 억지로 공부시킬 수 있는 여유는 없었다. 하지만 막내는 엄마가 붙들고 시켰어야 했다는 것이다. 자기에게는 관심이 없었다고 말한다.

자식들이 성장하고 가족들이 생기면서 가족회비를 걷는다. 가족여행비와 아빠 용돈을 마련하기 위해서 시작했다. 왜 아빠에게만 용돈을 드려야 한다고 생각했는지 그 이유는 모르겠다. 이렇게 매달 내는 거 외에도 여행 갈 때마다 걷고, 평소에도 이것저것 걷는다. 그러다 보니 처갓집으로 들어가는 돈이 너무 많다느니, 각 가족 수가 다른데 똑같이 내는 것은 불공평하다느니 말이 많다.

　하지만 사는 형편을 빤히 아는 아빠는 우리들에게 같은 회비라도 누구에게는 큰돈일 수 있다고 한 번 말씀하셨다. 그러고는 언제부턴가 여행을 갈 때나 가족행사가 있을 때 아빠가 먼저 보태라고 하시며 돈을 주신다. 자연스럽게 우리들의 배분량은 줄어든다.

　부모가 생각하는 형평성과 자식이 생각하는 형평성은 다른 것 같다.

신념에 관하여
─ 내 주먹을 믿으라고

어느 순간 지금까지 잘 살아온 내 자신이 기특하다. 공부도 할 만큼 했고, 쪼들리며 사는 것도 아니고, 지금도 일하고 있고, 무엇보다 다 때려치우고 당장 떠날 수도 있다는 마음, 지금이라도 뭔가 새로운 것을 할 수 있다는 자세를 가진 내가 대견하다.

지금이야 독신, 비혼, 혼족이라는 용어가 낯설지 않지만, 내 젊은 시절만 해도 독신이라고 하면 왜? 무슨 일이라도? 여자 혼자? 하며 일반적이지 않게 봤던 때가 있었다. 질문받는 게 지겨워 거짓말을 하기도 했고, 아예 차단하기 위한 방안을 쓰기도 했다. 낯설어도 어색해도 친한 척 말을 건네지 않는 것이 상책 중의 하나였다.

남들과 다름에 굴하지 않고, 대세에 편승하지 않고도 꿋꿋하게 살아올 수 있었던 그 힘이 내게 있었다. 다름을 추구했고, 같지 않음에 불안을 느끼지 않았고, 새로운 것을 겁내지 않았다. 하고 싶은 것을 했고, 할 때는 그 누구보다도 열심히 즐기며 해냈다.

할 수 있는 것만 해왔던 것은 아니었을까 싶은 마음도 있지만 그렇지만은 않았을 것이다. 새로운 일을 접하면서 맞닥뜨리는 문제들이 얼마나 많은가? 계획한 대로 한 치의 흔들림이나 이변 없이 살아온 사람이 얼마나 있겠는가. 수없이 다가오는 흔들림이나 이변을 해결할 수 있었기 때문에 지금 이 자리에 있는 것이 아니겠는가? 이렇게 말하는 내가 오글거리지만 당당히 말할 수 있지 않을까. 그런데 이런 자신감은 어디서 나온 것일까.

할 수 있다는 자기 신념은 중요하지만 누구에게나 쉽게 주어지지 않는다. 살아오면서 경험한 결과가 자신에게 어떻게 반영되었는가에 따라 신념의 생성과 지속여부가 결정된다. 가깝게는 부모님이 이런 자리를 만들어줬을 것이고, 부모님에 의해 신념이 생길 수도 지속할 수도 있을 것이다.

때로는 꺾임이라는 상처를 받는다. 상처가 아물어 흉터를 남긴다. 흉터를 보며 지나치는가 하면, 굳이 그때로 되돌아가 아파하기도 한다. 흉터가 있고 없음에 자기 신념이 달라지는 것이 아니다. 그 상처, 그 흉터를 현재 어떻게 바라보고 있느냐에 따라 자기 신념이 될 수도 있고 안 될 수도 있다. '지금'이라는 시간성이 지속여부를 가름한다.

세월이 주는 굴곡이 있다. 쉰이라는 시간을 살면서 좋은 일만 있었던 것은 아닐 텐데, 딱히 힘들었던 때를 떠올리는 것도 쉽지 않다. 그렇다고 쉽게 살아온 인생도 아니지 않은가. 무엇이 나의 역사를, 나의 흉터를 단순 기호로만 인식하게 만드는 것일까.

20대 시절, 혼자 밥 먹는 것을 피하지 않았다. 혼자 밥 먹는 것을 즐겼다. 그때만 해도 혼자 밥 먹는 내게 친구가 없느냐, 성격 이상한 거 아니냐며 말들이 많았다. 요즘이야 혼밥, 혼술이 아무렇지 않지만 나의

20대는 그랬다. 나에겐 좋은 친구들이 많았지만, 당시의 나는 혼자 먹는 것이 편했다.

30대 시절, 혼자 여행을 다녔다. 독일 여행을 하면서 만난 일본인들은 특유의 친절로 나랑 같이 다녀주었다. '혼자'인 내가 안되어 보인단다. 대개는 한적한 곳에 유스호스텔들이 자리를 잡고 있었는데, 한껏 돌아다니다가 밤 11시가 넘어 들어갈라치면 정말 무섭다. 강도를 만날까 무서운 것이 아니라 개나 고양이, 도마뱀과 같이 내가 어쩌지 못하는 것들이 나타날까 무서웠다.

나의 석사논문은 실로 대단하다. 어떻게 이런 것을 할 수 있었을까 싶다. 수학과를 졸업하고 컴퓨터 프로그래머가 되겠다고 컴퓨터 언어를 배우고 프로그래밍을 하고, 알고리즘을 개발해서 증명해내고 하는 과정을 거쳤다. 도서관에서 연구실에서 집에서 연구만 했다. 나의 연구결과물을 같은 Lab의 박사과정생 실적으로 사용하는 일도 있었지만, 박사논문감이라는 말을 들을 수 있었기에 과감히 용서했다.

30대 초반에는 정말 커다란 프로젝트를 맡았다.

컴퓨터 쪽으로 공부해온 내가 기업교육, 교육공학이라는 베이스도 없이 교육 프로그램과 교재 개발 과제를 맡게 된 것이다. '어떻게 내가?'보다는 '어떻게 할수 있을까?'를 고민했다. 3년 넘는 시간 동안 집에도안 가고 밤낮을 공부하며 적용하며 프로젝트를 끝냈다. '그거 못 하겠나, 하면 하는 거지' 하는 마음으로 했다.

내가 내게 하는 말이 있다. '나'라는 사람은 용기는 없어도 도전은 한다고. 그렇게 이삼십 대를 보냈다. 못 할까 봐 걱정할 시간에 어떻게 할지를 고민했다. 사람 사는 세상에 사람이 못 하는 일이 뭐가 있겠는가. 하지만 당시 나에겐 어지럼증도 있었고, 몇 번쓰러지는 일도 있었고, 운전할 때마다 죽을 거 같은극심한 공포감을 느끼기도 했었다. 나름의 부작용을안고 살았다.

아빠는 우리들에게 '네 주먹을 믿으라'고 하셨다. 아빠는 당신의 주먹을 믿는다고 하셨고, 너희들도 누구에게 의지하려 말고 네 자신을 믿으라고 하셨다. 공부를 하고 성적표를 받고 어찌 되었든 칭찬을 해주셨다. 그다음 환하게 웃으시며 다음엔 그 이상을 해보자고 하셨다.

나는 아빠가 환하게 웃는 모습을 좋아한다.

자존감에 관하여
—자신을 좀 낮출 줄 알아야 한다고

살아가면서 마음속에 좋은 글귀 하나씩은 품고
살았던 때가 있었다.

삶이 그대를 속일지라도 슬퍼하거나 노여워 말라.
오늘밤에도 별이 바람에 스치운다.

특히나 국어책을 통해서 시를 알게 되면서 공부
때문에라도 머릿속으로 되뇌는 글들이다.

복 있는 사람은 악인의 꾀를 좇지 아니하며 죄인의 길에

서지 아니한다.

태산 같은 자부심으로 누운 풀처럼 자기를 낮추어라.

벽에 걸린 커다란 액자 속 글을 읽으며, 내가 알고 있는 것은 일부분이었구나 알게 된다.

자신이 처한 상황이 어떠냐에 따라 집안 가훈이든 책받침 속의 글귀가 달라진다. 글을 좋아한다는 것은 나의 심리, 감정이 담기는 거고, 앞으로의 바람이 담기는 것이다. 나를 포함해서 중학교 땐 대부분이 푸시킨의 「삶이 그대를 속일지라도」를 좋아했다. 나도 한참을 보고 외우고 했다.

삶이 그대를 속일지라도 노하거나 서러워하지 말라,
절망의 나날 참고 견디면 기쁨의 날 반드시 찾아오리라.

'태산 같은 자부심을 가지지만 낮출 줄도 알아야 한다'는 말은 정확한 때는 기억나지 않지만 아빠가 하는 말씀 중 하나이다. 처음 들었던 건 중학교 때이지 않을까 한다. 최근이라면 30대 때 들었던 것 같다. 제대로 된 전체 글은 대학 때 처음 알게 되었다. 엄마가 절에 다닌다는 친구가 손바닥만 한 크기의 그 글을 내게 주었다.

아빠는 절에 다니지는 않지만 마음속에 부처님이 있다고 하고, 하루에도 몇 번씩 기도한다 하신다. 집에 〈달마도〉를 걸어두신 적도 있었고, 염주를 만들어 하고 다닌 적도 있었다. 얼마 전엔 달마도 닮은 석상과 함께 사진도 찍으셨다. 아빠의 부처님은 우리가 아는 부처님은 아닌 것 같다.

'태산 같은 자부심을 가지지만 낮출 줄도 알아야 한다'는 말은 40대까지만 해도 자기소개서나 나를 드러내야 할 때 사용했다. 진정한 고수는 태산 같은 능력을 가지고 있지만 꺾이지 않는 존재감이 있다는 의미로, 내 삶의 신조라고 했었다.

지금 다시 보니 나를 드러내는 말이었다. 가지고 있지도 않으면서 가지고 있는 듯 그렇지만 난 드러내지 않는다며 뻐기는 글이었다.

이 세상에서 산다는 것은 그 나름의 이유가 있다. 호랑이는 죽어 가죽을 남기고 사람은 죽어 이름을 남긴다고, 이유가 있으니 이 생을 살다 가는 것이다. 사명이랄까, 소명이랄까 저마다 하나씩 갖고 태어난다. 없으면 만들어야 한다. 왜냐하면 이 세상에 태어났으니까, 그 나름의 이유를 만들어야 하니까. 그것이 삶을 살고 지탱하는 힘이다.

태산 같은 자기 믿음으로 다들 잘났다고 살고 있는 요즘 자기를 낮추는 것까지 바라지 않는다. 자기에게 없는 자신감과 능력, 누가 봐도 알겠던데 없음을 감추거나 드러내려고 애쓰지 않으면 좋겠다.

유리하다고 교만하지 말고 불리하다고 비굴하지 말라. 자기가 아는 대로 진실만을 말하여 주고받는 말마다 악(惡)을 막아 듣는 이에게 기쁨을 주어라.
무엇을 들었다고 쉽게 행동하지 말고 그것이 사실인지 깊이 생각하여 이치(理致)가 명확할 때 과감히 행동하라.
지나치게 인색하지 말고 성내거나 미워하지 말라.
이기심을 채우고자 정의를 등지지 말고 원망을 원망으로 갚지 말라.
위험에 직면하여 두려워 말고 이익을 위해 남을 모함하

지 말라.

객기(客氣) 부려 만용(蠻勇)하지 말고 허약하여 비겁하지 말라.

사나우면 남들이 꺼려하고 나약하면 남이 업신여기나니 사나움과 나약함을 버려 지혜롭게 중도(中道)를 지켜라.

태산(泰山) 같은 자부심을 갖고 누운 풀처럼 자기를 낮추어라.

역경(逆境)을 참아 이겨내고 형편이 잘 풀릴 때를 조심하라.

재물(財物)을 오물(汚物)처럼 보고 터지는 분노를 잘 다스려라.

때(時)와 처지(處地)를 살필 줄 알고 부귀(富貴)와 쇠망(衰亡)이 교차(交叉)함을 알라.

『잡보장경』에서

제자리에 관하여
—할 거 하고 잘 거 자고 먹을 거 먹고

아이 키우는 엄마에게 제일 힘든 게 무엇이냐고 물어보면 밥 못 먹고, 잠 제대로 자지 못하는 것이라고 한다. 옛날 어른들께 제일 힘들었던 게 무엇이냐고 하면 먹이고 입히는 것만으로도 힘들었다고 한다.

먹고 입고 일하고 일상을 산다는 것은 제자리를 지키는 행위이다. 세상 사람들이 기대하는 일상, 세상 사람들 누구나 알고 있는 상식 속에서 산다는 것은 제자리를 지키는 것이다. 한마디로 기대할 수 있는 행위를 한다는 것은 제자리를 지키는 것이다.

나의 어린 시절, 제자리 지키기는 무엇이었는가.

치약을 밑에서부터 짰고, 학교 끝나면 숙제를 했고, 저녁에는 책을 읽거나 공부를 했다. 삼겹살은 비계를 떼고 목살은 김치찌개에 넣어서 돼지껍데기는 떡볶이처럼 먹었고, 제사나 차례가 지나면 잡탕찌개를 먹었고, 해장국인 김칫국과 콩나물국을 많이도 먹었다. 평소에는 언니 옷을 물려 입었고, 명절이면 남대문 시장에서 옷을 골랐다. 친구들과 수영장으로 공원으로 놀러 다녔고, 일 년에 한 번 공책 사러 미도파에 갔고, 『올훼스의 창』을 읽으며 만화책 좋아하는 척을 했다.

이러한 제자리는 '먹고' '입고' '하고'이다. 무엇을 어떻게 얼마나 먹고 입고 하고 사느냐는 것이 일상을 사는 것과 일상을 벗어나는 기준이다. 예를 들어 책과 관련하여 무엇을 읽었는지 어떤 생각을 하였는지 얼마나 깊었는지에 대해 논하고 피드백하는 것을 일상에 넣을 것인지 넣지 않을 것인지에 따라 제자리를 지킬 것인가 벗어날 것인가가 결정된다.

사람마다 제자리의 기준이 다르다. 같은 배 속에서 태어났더라도 다르다. 부모님의 제자리 기준이 달라졌기 때문이다. 언니를 키우면서 지켰던 제자리가 나를 키울 때는 느슨하다. 자연히 언니와 나의 제자리 기준은 다르다.

부모님의 제자리 기준이 네 명의 자식을 키우는 동안 달라지지 않는다면? 그 기준을 올곧게 지켜온 부모님의 꿋꿋함을 칭찬해야 할까? 올곧게 지킬 정도로 융통성이 없는 사람들이거나, 세상과 단절되어 자기 안에 사로잡혀 사는 사람들이거나, 올곧게 지켜도 될 만큼의 여유와 긴장이 적절히 갖춰진 환경에서 사는 사람들일 것이다. 그렇게 자란 자식들은 어떤 사람들일까?

돌이켜보면 첫째와 둘째, 셋째와 넷째 밑으로 내려갈수록 엄마 아빠의 기준이 엷어진다. 위의 자식일수록 직접 공부도 봐주고 과제물도 챙기고 무엇이 되면 좋겠다, 어떻게 하면 좋겠다는 생각도 나눈다. 그럴 수 있는 이유는 젊었으니까, 돌봐 줄 힘이 있었으니까, 사는 것이 그렇게 팍팍하지 않았으니까, 어떻게 살고자 하는 바람이 있었으니까. 그런데 셋째, 넷째로 갈수록 그들을 챙기기에 나이가 많아졌다. 삶이 계획대로 되지 않는다는 것을 알게 되었고, 삶의 무게에 불안함이 생겨났고, 하루하루 살아내는 것만으로도 버거워졌다.

　자식들의 제자리 지키기는 부모님의 제자리 지키기의 결과물이다. 그런데 부모님의 제자리 지키기가 시간이 갈수록 달라진다. 자연히 자식들의 제자리도 달라진다. 자식들은 본인의 제자리가 손위 혹은 손아래와 다른 것에 불평을 하거나 특별함을 느낀다.

기회에 관하여
—다 때가 있다고

'수정아, ○○아파트 대박이래, 그거 하나 사면 좋겠다, 네가 아빠한테 말해봐.'

마포와 신촌에 새 아파트가 하나둘씩 들어서고 하루가 다르게 그 값이 치솟는다. 불과 몇 년 사이에 두 배로 껑충 올랐다. 지금도 연속 24주째 아파트값 상승이라는 뉴스가 나온다. 이러한 뉴스를 접할 때마다 나와 동생들이 나누는 대화이다.

공덕역 근처 오피스텔에서 살고 있는 나는 빚을 내서라도 아파트를 샀어야 했는데 하며 후회한다.

주위를 둘러보면 돈 없는 부모의 등골 빼먹은 것

도 모자라 살던 집도 처분해 달라는 자식들 얘기가 수두룩하다. 그렇게 해주고 나서 정작 노인네들은 사글세 살며 기초연금으로 생활한다. 그런 그들은 하나같이 자식들이 뭐 해달라고 하면 절대 해주지 말라고, 부모도 돈이 있을 때나 부모라며 신신당부한다.

사람이 살면서 세 번의 기회가 있다고 하는데, 50년을 살아온 내게는 어떤 기회가 있었고 어떤 기회를 놓쳤을까, 기회가 있기는 했나 궁금해졌다. 요즘 같은 세상엔 아파트가 기회가 되지 않을까.

기회란 무엇인가? 무엇을 얻고자 하는가? 왜 기회를 바라는가?

저마다 궁극적으로 '욕망'이라는 것을 가지고 있고, 그것을 채울 수 있었던 계기나 시작점을 기회로 볼 수 있지 않을까? 재물이나 권력 또는 명예를 바라거나, 원초적으로는 성욕, 식욕, 수욕, 지식욕 등이 있을 수 있다.

그렇다면 어떠한 '욕망'도 없는 사람에게는 기회도 없는 게 아닐까? 무엇을 바라고 원해야 찾고 두드리고 알아차리고 잡고 쟁취하게 되는 거 아닌가. 그런데 어느 누구도 욕망이 없을 수 없다. 스피노자는 인간의 모든 행동은 욕망에 의해 생겨난다고 하였고, 탐욕, 성욕, 식욕에 대해 대상에 대한 지나친 또는 무절제한 욕망이나 사랑이라고 정의하였다.

우리가 무엇을 바라거나 기회로 생각할 때 지나치게 무절제하게 행동하느냐, 때를 봐 가면서 행동하느냐에 따라 성망의 기회가 되기도 패망의 기회가 되기도 한다. 재물, 권력, 명예를 지나치게 사랑하거나, 무절제하게 사랑해서 행동하면 우리가 알고 있는 긍정적 의미의 기회는 사라진다.

특히 집을 사고파는 것에 있어서는 다 때가 있단다. 쉰이 넘은 내게 아직 집을 살 때가 아니란다. 무슨 이유인지 정확히 말해주지 않지만 아빠가 그렇다면 그런 것이다.

3부

아빠와 50년을 살았다

내 나이 사십 대 중반 몇 년을
자전거 몰고 한강으로 나갔고,
한동안 강을 바라봤다.
아빠는 매일 한강을 바라보며 무슨 생각을 했을까.
내가 느낀 외로움, 허무함, 팍팍함 등의 감정을
아빠도 고스란히, 아니 나보다 더하게 느끼셨겠지.
안쓰러움이 밀려든다.

아빠와 50년을 살았다

막냇동생이 결혼하던 날 나를 포함한 세 언니들과 아빠는 눈물바다를 이루었다. 스물여섯밖에 안 된 애가 엄마 아빠 곁을 떠나 남의 집에서 살 걸 생각하니 마음이 아팠다. 드디어 우리 집에도 결혼한 딸이 생겨났는데, 기쁘기보다는 슬픈 섭섭한 날이었다.

아빠와 엄마는 막내와 같이 스물여섯에 결혼했다. 아빠는 남자 형제들 속에서, 엄마는 여자 형제들 속에서 둘 다 막내로 자랐다. 그런 막내 둘이 만나 가정을 꾸리고 자식 넷을 낳았다. 이 자체만으로도 대견하다.

오십이란 세월을 살면서 내 삶에 비추어 다른 사람의 삶을 들여다본다. 사는 것이 힘들다. 삶은 사는 것이 아니라 살아내는 것이라는 문구가 와닿는다. 무슨 어려움이 있었냐고 하지만 마흔이란 시간을 넘기고 나서야 산다는 것에 대해 말할 수 있게 되었다.

돌아보면 30대는 젊은 혈기에 무엇이든 한다. 뒤도 앞도 안 보고 현재를 산다. 일을 저질러도 수습해 줄 수 있는 아빠가 있다. 40대는 현재를 산다. 어느 날 문득 현실이 내 눈앞에 떡 하니 단단히 서 있다. 위기의식이 밀려온다. 돈을 벌기 시작한다. 살아보니 이렇다. 아빠도 나와 다르지 않았으리라.

30대의 아빠는 야망이 있었다. 아빠의 주머니엔 언제나 집 한 채 값이 들어 있었다. 전국을 다니며 당신이 하고 싶은 일을 했다. 그러다가 더 이상 돈이 되지 않자 할아버지 밑에서 일한다고 일본으로 가셨다.

40대의 아빠는 현실적이었다. 더 이상 공돈이 하늘에서 떨어지지 않음을 알게 되었다. 돈을 벌려면 직접 몸을 써야 한다는 것을 알게 되었다. 어느 날 우리 집 마당에 과일 실은 리어카가 들어왔다. 우리는 밤마다 양쪽 대문을 활짝 열어 아빠를 맞이했다.

50대의 아빠는 당신 인생의 마지막 기회를 잡으셨고 열심히 일하셨다. 아빠의 오십 대에 나도 너무 바빴던 걸까, 기억이 별로 없다. 아빠는 엄마와 밥장사를 하셨고 돈도 버셨다.

60대의 아빠는 돈벌이를 그만두시고 낚시와 자전거로 시간을 보내셨다. 어릴 때에는 강가에 그물을 드리워서 작은 물고기들을 잡아 매운탕을 끓여 먹었는데, 낚싯대를 둘러메고 자전거를 타고 수색 너머로 물고기를 잡으러 다니셨다.

70대의 아빠는 주말농장을 하며 고구마와 고추, 배추를 재배하셨다. 자전거를 타고 저 멀리 행신으로 강매로 출퇴근을 하셨고, 추수와 같이 손이 필요할 때나 행주산성의 잔치국수가 먹고 싶을 때면 우리 모두는 아빠에게로 쪼르르 달려갔다.

내 나이 사십 대 중반 몇 년을 자전거 몰고 한강으로 나갔고, 한동안 강을 바라봤다. 아빠는 매일 한강을 바라보며 무슨 생각을 했을까. 내가 느낀 외로움, 허무함, 곽곽함 등의 감정을 아빠도 고스란히, 아니 나보다 더하게 느끼셨겠지. 안쓰러움이 밀려든다.

팔십의 아빠에게 술은 음식과 같은 존재이다. 술이 주는 포만감과 칼로리로 한 끼를 대신한다. 하루 세끼를 먹듯이 하루에 마시는 적정량이 있다. 빨간색 소주로 드신다. 여느 소주잔은 작아서 적정량을 측정하기에 공수가 많이 든다.

소주가 아빠에게 하나의 음식으로 인식되고 나니 더 이상 마시지 말라는 말을 못 하겠다. 대신 조금씩 드세요 하며 음식과 영양제에 신경을 쓴다. 음식은 워낙 아빠가 잘 챙기셔서 침범할 수 없고, 영양제 쪽으로 좋다는 것을 하나씩 드린다. 심장과 신장 기능이 좋지 않아 칼륨이 많은 과일이나 한약과 같은 것을 제외하고, 피부에 좋다는 것과 장에 좋다는 것, 단백질 등등을 드신다.

얼마 전, 덕수궁 돌담길에서 꽃잎이 바닥에 깔린 소주잔을 팔았다. 소주잔에 물을 부으니 꽃잎이 생생하니 술맛이 절로 좋아질 것 같다. 요일별로 기분 좋게 드시라고 여러 가지 꽃잎을 샀다.

슈퍼맨의 눈물

지난 2011년 7월 박사 논문을 끝내면서 감사의 글을 썼다. 박사논문이 통과되면 그날부터 나와 관련된 모든 이들에게 감사하는 마음이 생긴다. 그동안 논문을 통과시켜주지 않는다고 미워했던 지도교수님도 내가 무르익도록 기다려주셨다고 여기며 고마운 마음을 갖게 된다.

박사논문을 끝내면서 아빠에 대한 마음이 가장 컸다. 석사논문 때에도 아빠에게 감사한다는 글을 남겼지만, 박사논문을 끝냈을 때의 그 고마움은 상상 이상이었다. 지금까지 살아오면서 하나씩 뭔가를 이룰 수 있도록 지켜봐주고 북돋워주고 지원해주신 아빠에 대한 마음은 그 무엇으로도 표현할 수 없다.

내가 힘들어하거나 곤란에 빠졌을 때면 어디선가 나타나 필요한 것을 채워준다. 그리고는 유유히 일상으로 돌아가신다. 그런 아빠를 우리는 슈퍼맨이라 부른다. 우리들 눈에는 항상 강한 사람으로 무적의 해결사로 당신을 지켜보며 따르려는 마음을 갖는다.

그러던 어느 날, 보통인과 다른 삶을 살고 있어야 할 슈퍼맨의 눈물을 보았다. 아직은 슈퍼맨으로서 자신의 정체성을 내비치지 않았던 평범했던 어느 날, 같은 보통인의 눈에 슈퍼맨의 그 쓸쓸했던 모습이 들어왔다. 지금까지도 잊히지 않는다.

무슨 일이냐고요?

나는 경주이씨 익재공파 38대손이다. 아빠는 우리가 어릴 적부터 경주이씨 익재공파 38대손이라는 것을 잊지 말라고 되뇌셨다. 중학교 때였는지 익재 이제현이 교과서에 실렸을 때 반가움에 묻지도 않았는데 그의 38대손이라고 자랑했다.

집안별 가문보는 보통 25~30년을 주기로 간행

되는 것이 상례이다. 익재공파보는 익재공파 대종회가 주관하여 최근에는 2010년도에 간행되었다. 앞으로 경주이씨 익재공파의 후손으로 족보에 올리려면 2040년까지는 기다려야 한다는 계산이다.

아빠의 눈물을 본 것은 아마도 1983년 겨울 즈음이었던 것 같다. 집안 모임에 다녀오신 것으로 기억이 되는데, 족보상에 아빠 밑으로 우리들 중 그 누구도 올라가 있지 않다는 말씀을 하셨다. 띄엄띄엄하지만 아빠가 고개를 떨구고 내 밑에 아무도 없다고 아주 힘없이 말씀하셨던 그 기억. 무슨 말이 그 사이에 오갔는지 기억나지 않지만, 당시 어린 나이에도 다음 족보 갱신 때에는 꼭 내 이름을 올리리라고 다짐했었다.

그런데 왜 우리 딸들의 이름이 아니라 내 이름이라고 했을까. 다음 갱신 때까지 결혼을 안 한 딸의 이름은 올릴 수 있다고 했던 것 같기도 하고, 훗날 사람들 말을 듣자니 박사 받은 딸의 이름을 올릴 수 있다는 말도 있고, 여러 가지 방법이 있었던 것 같다.

그날 처음 아빠의 눈물과 실의에 찬 모습을 보았고, 어린 나에게 아빠의 눈물도 큰 사건이지만, 딸을 자손으로 인정하지 않는 공식적인 차별을 처음 겪었다. 딸만 둔 아빠 역시도 나와 같이 공식적으로 차별을 받은 날이 아니었을까? 인간사회에서 동물의 번식 본능, 대물림을 인정받지 못했던 당신의 존재의 의미와도 관련된 치욕적인 날이라고 생각하셨을까.

지난 2010년은 내 나이 40세가 되던 해였고 박사학위도 없었다. 우리 슈퍼맨의 그 눈물을 지우려면 앞으로 2040년까지는 기다려야 할 것 같다.

우리 집 맥가이버

"순간의 선택이 10년을 좌우합니다"라는 문구가 있었다. 초등학교 때인가 가전제품 광고의 카피글이다. 10년을 사용할 만큼 튼튼하다고 끄떡없다고 말로써 품질보증을 했다. 10년을 사용했는지 아닌지는 알수 없지만, 어릴 때만 해도 뭔가 고쳐서 써야 했다.

TV가 잘 나오지 않으면 몇 번 치다가 그래도 나오지 않으면 분해를 했다. 집집마다 드라이버는 기본으로 가지고 있었고, 가사 시간에 드라이버 사용법을 배웠다. 나보다 네 살 많은 언니는 드라이버를 자주 사용했다. 아빠가 집에 없을 때면 자기가 나서서 분해하고 똑딱똑딱 다시 조립하고 하면서 아빠 흉내를 냈다.

어릴 적만 해도 동네마다 전파상이 있었다. 전기와 관련된 부품들과 가전제품과 관련된 해결사를 구할 수 있었다. 나는 둥그런 백열등과 형광등에 들어가는 초크인가를 사러 자주 갔던 것 같다. 집에서 뚝딱뚝딱 고칠 수 없으면, 이곳에서 전문가의 손길을 타야 했다. 기술이 발달해서 갈 일이 적어져서 그랬는지 나중에는 김장 비닐을 사러 몇 번 갔던 것 같다.

아빠는 지금도 그렇지만 손재주가 좋다. 얼마 전만 해도 목공소에서 나무를 대거 사다가 재고 자르고 하더니 옥상에 평상을 놓으셨다. 가족 모두가 둘러앉아 고기를 구워 먹을 정도로 넓고 튼튼하게 만드셨다. 어릴 적엔 병아리집, 개집 할 것 없이 각종 집들을 만들었고, 마당에 그네도 만들어 주셨다. 큼직큼직한 것부터 해서 작게는 부엌에서 사용하는 국자, 깔때기, 냄비뚜껑 꼭지 등등을 만드셨다. 지금도 자연스럽지 않은 손잡이를 가진 국자 하나가 있다.

그런 아빠의 별명은 맥가이버였다. 뭔가 이상하

다 싶으면 주머니에서 맥가이버 칼을 꺼내서 돌리고 자르고 끊고 하면서 뚝딱뚝딱 고쳤다. 비록 모양은 예쁘고 세련되지 않았지만 제 기능을 복구했다. 이때 가장 필요한 것은 맥가이버 칼이다. 낚시를 할 때도, 오이·토마토 지지대를 만들 때도, 각종 술병 뚜껑을 딸 때도, 자전거 체인이 얽혔을 때도 무조건 해결할 수 있는 갖가지 기능을 가지고 있다.

〈맥가이버〉라는 TV 프로그램이 1985년 우리나라에서 방영되었다고 하는 걸 보면 아빠의 별명은 고등학교 때 붙은 것 같다. 비밀임무를 수행하는 피닉스 재단의 맥가이버가 위험에 처했을 때 각종 지식을 기초로 뚝딱하며 위기를 모면했다. 아빠도 그 상황에 처하면 맥가이버처럼 빠져나올 수 있을 거라 여겼다. 그만큼 우리에게 아빠는 만능박사였고, 집 안의 해결사였다. 우리 아빠만 그런 줄 알았는데, 나중에 알고 보니 집집마다 맥가이버가 하나씩 있었다. 얼마나 멋진 맥가이버 칼을 가지고 있느냐가 다른 점이었다.

얼마 전까지 사용했던 아빠의 맥가이버 칼은 2000년 독일여행 때 내가 선물한 것이다. 그 칼이 아직도 아빠 주머니에 있었다는 것을 얼마 전에 알았다. 가족여행으로 공항 검색대에 올랐을 때 아빠의 몸에서 삐익 소리가 났던 것이다. 아빠의 조끼 주머니에서 검붉은 때가 잔뜩 탄 맥가이버 칼이 나왔다.

그냥 무심히 지나쳤던 그 칼을 아직도 가지고 다니셨구나, 요즘도 그렇게 고칠 게 많으신가, 진작 바꿔드렸어야 했는데. 이번에 나가면 더 많은 기능을 가지고 있는 좀 더 두텁고 좀 더 비싼 걸로 다시 사와야겠다.

쫓겨난 가장

한 남자가 초록색 대문을 바라보고 서 있다. 남자의 등엔 여자아이가 포대기에 싸여 업혀 있고, 양손엔 또 다른 여자아이들의 손이 보인다. 양손을 꼭 쥔 아이들은 초등학교도 안 간 듯 어리다.

남자는 들어가지도 못하고 왜 그렇게 서 있는 것일까?

그날이 기억난다. 쫓겨난 아빠는 우리들에게 숨바꼭질하자고 했고, 우리가 술래를 하는 동안 업고 있는 막내와 함께 집 안으로 쏘옥 들어가셨다.

우리들 눈에 아빠는 약자다. 상대적으로 엄마는

강자이다. 아빠와 결혼하고 안 해본 일 없이 힘들게 어렵게 살았다고 하지만 엄마의 눈물을 본 적이 없다. 돈 벌고 들어와 힘들어도 간장 사러 직접 가셨지, TV 보는 우리들을 시키지 않으셨다.

딸 넷인 집안의 가장인 아빠는 누가 봐도 외롭다. 속닥속닥 여우 같은 마누라가 아닌 곰 같은 엄마를 둔 아빠가 불쌍했다. 이런 말을 하면서 옛날 감성이 드러남을 느낀다. 그렇다, 옛날엔 여우 같은 마누라, 남편한테 살살대고 음식을 잘하는 연약한 여성을 현모양처라 했고, 여성들의 워너비였던 때가 있었다. 엄마의 잔소리를 들을 때면 '저러니 아빠가 좋아할 리가 있나' 하며 엄마를 바라봤던 때도 있었다. 쓰다 보니 당시 젠더감수성에 대한 인식이 일도 없던 그때로 돌아가는 듯하다.

딸들은 본래 아빠 편이라고, 엄마가 아빠한테 잔소리하면 그만 좀 하라고 아빠를 두둔한다. 엄마가 서운해하는 것을 알지만 우리들은 아빠한테 짝 달라붙는다. 그렇지만 엄마와 우리 넷은 항상 하나다. 대표적인 것이 목욕탕이다. 목욕탕에 가기 전에 엄마는 빵과 우유를 사서 우리들을 먹이셨고, 엄마도 드시며 힘을 비축하셨다. 한 명씩 차례를 기다리며 엄마 앞에 서야 했고, 딸들의 때를 일일이 씻겨 주셨다. 하나의 의식이 되어 아빠와는 다른, 엄마와의 유대감이 더욱 커졌다.

엄마와는 어디든 함께 다녔다. 우리 중 하나와 돌아가면서 시장엘 가셨고, 가서는 맛있는 거 좋아하는 거 사주시며 다른 애들한테는 사줬다는 말 하지 말라 하셨다. 커서는 엄마와 여행을 다닌다.

반면 아빠는 집 밖을 나가면 언제나 혼자다. 아빠는 네 아들 중 막내로 태어나셨고, 어머니를 일찍 여의셨고, 아버지는 늘 밖에 계셨기에 부모의 사랑과 정을 제대로 받지 못하셨다. 외로운 분이시다.

그런 분이 무뚝뚝한 엄마를 만나서 딸들만 낳았으니 그 외로움이 가실 날이 없었을 것이다. 목욕탕에서 아빠가 아들에게서 느끼는 든든함이 있다고 하는데, 그런 면에서 더욱 외로우셨을 것이다.

엄마는 아빠 없는 애들로 키울 수 없어서 이혼을 할 수 없었다고 하지만, 아빠가 우리들을 다 데려갈까 봐 그래서 이혼을 못 했을 것이다.

빨간 담뱃불이 기억나

저녁 먹고 집에 가는 중 앞선 중년 남자의 담배 연기가 우리 셋에게 날아들었다. 피하려 해도 피해지지 않아 우리 셋은 "하나 둘 셋, 뛰어"를 외치며 그 남자보다 앞섰다. 때마침 경진이가 "어두운 방, 아빠의 빨간 담뱃불이 기억나"라고 했고, 막내랑 나는 "무슨 소릴 하냐, 아빠 젊었을 때 담배 끊어 우린 본 적 없다, 네가 잘못 알고 있다"라고 대꾸했다. 하지만 경진이는 그때가 아직도 선명하다며 자기 기억이 맞다 한다. 우린 또다시 "아빠한테 물어보자, 뛰어".

아빠는 산천동 시절에 담배를 끊었단다. 내가 초

등학교 1학년 입학하고서 산천동 어느 방 한 칸짜리로 이사를 했던 때가 있었다. 6학년 언니, 1학년 나, 6살 경진이, 3살 막내, 그리고 엄마, 아빠 여섯 명이 방 한 칸에서 살았다. 요즘도 엄마가 화날 때마다 하는 레퍼토리 중 하나가 산천동이다. '집 다 팔아먹고 결국은 그 3000원인가 방에 나를 데려다 놔. 이게 사람이야, 내가 속이 상해 안 상해.' 그날 이후로 지금까지 우리를 고생시켰다나 뭐라나.

언젠가 아빠가 금연이 얼마나 쉬운데 사람들이 그걸 왜 못 하는지 이해되지 않는다고 하셨던 때가 기억난다. 아빠는 어느 날 갑자기 담배를 끊어야겠다는 생각을 하셨단다. 그러고서 단번에 끊었다고, 3일 만엔가 끊었다는 게 아빠의 지극히 간단한 설명이다. 흉측한 담배광고를 보며 저걸 왜 그렇게 못 하는지 모르겠다 하셨었다.

오늘 산천동에서 담배를 끊었다는 얘기를 듣고 아빠에게 금연이 왜 그렇게 쉬웠는지 이해할 수 있었다. 아빠 당신이 생각해도 산천동 단칸방에 6명은 너무 가혹했던 것이다. 세 살 막내까지 힘든 환경에 데려다 놓은 것이 미안했던 것이다. 어떻게든 다시 일어서야 한다는 생각에 끊었던 것은 아니었을까? 아님 담배 살 돈도 없었던 것이었나?

다행히 외삼촌이 한국 다니러 오신 길에 우리가 너무 불쌍해서 집을 사줬단다. 내 기억으로 여름을 거기서 났던 것 같다. 툇마루에 앉아서 수박 먹었던 기억, 주인아주머니가 경진이랑 나에게 막걸리를 먹여 해롱댔던 기억, 세 든 사람들이 많아 화장실 줄 섰던 기억, 언니가 학교까지 버스 태워 준 기억들이 간간히 있다. 몇 달 지내지 않았는데 이 정도 기억이 나는 거 보면 내겐 싫지 않았던 산천동이다.

산천동 이사로 초등학교 1년 동안만 세 개 학교를 다녀야 했다. 구로구 구로초등학교, 용산구 남정초등학교, 마포구 서강초등학교. 이후 얼마 안 돼 다시 이사를 했고, 신수초등학교로 전학을 했어야 했는데 내가 싫다 했다. 덕분에 동생들은 신수초등학교로, 난 서강초등학교로 따로 다녔다. 이렇게 마포로 이사 와 40년 넘게 살고 있다.

아빠도 남자다

엄마 아빠 앨범 속에는 한복 입은 단아한 모습의 한 여인이 있다. 육영수 여사와 같은 머리스타일에 한복을 입고 약간의 미소를 머금고 있다. 엄마는 그 사진 속 여인이 아빠 애인이라고 굳게 믿고 있다. 엄마 아빠 결혼식에도 왔었다고 한다. 엄마는 그 사진을 버리자거나 왜 앨범 속에 넣었냐고 따지지 않는다. 그냥 두고 보며 '이 사람 누군지 알아? 아빠 애인이야'라는 말만 하신다.

옛날 어른들은 바람을 대놓고 피우셨다. 우리 할아버지만 해도 바람둥이라는 별명을 가지고 계셨다.

살아계실 때 할머니 외에 다른 여자분을 만나셨고, 그러면서 재산을 탕진하셨다. 하지만 그 누구도 그건 잘못됐다는 말을 하지 않았다. 어른들은 서로 쉬쉬하며 알고도 넘어가셨다. TV 속 해로하시는 부부들 삶을 보면 첫 번째 두 번째 부인이 한 명의 할아버지와 한 집에서 알콩달콩 사는 모습을 볼 수 있다. 90 가까이의 나이에도 불구하고 할아버지는 두 여자들 사이에서 밀고 당기기를 하며 지금까지 함께할 수 있었던 노하우를 여실히 보여주고 있다.

우리 할머니만 해도 중학생인 어린 나에게 할아버지 욕을 엄청 했다. 젊을 때도 속 썩이더니 한국에 와서도 여자 만나고 다닌다고 싫어하셨다. 그러면서 삼시 세끼 할아버지 진지를 정성껏 차리셨다. 정말 이해할 수 없는 삶이다.

몇십 년을 함께 알고 지낸 분이 계신다. 남편에 대한 존경과 사랑이 지극하신 분이다. 어느 날 남편 되시는 분을 걱정하신다. 어디 가서 여자라도 만나면 좋겠다는 말씀을 하신다. 정말 알 수 없는 인생이다.

내가 성인이 되어 아빠와 함께 고속버스를 탄 적

이 있는데, 아빠가 내 옆자리에 앉지 않으셨다. 버스 안 승객들이 많지 않아서 굳이 좁게 앉을 이유는 없었지만 아빠는 나를 앞에 앉히시고 뒤에 앉으셨다. 그러고는 통로 옆자리에 앉은 젊은 여인에게 말을 건네는 것이었다. 그때 난 약간의 서운함과 질투심을 느꼈었고, 아빠도 남자구나 하는 생각을 했다.

딸 넷 중 셋이 결혼해서 사위 셋이 생기고, 손녀 셋이 생기고 총 열두 명의 가족을 이루었다. 사위를 맞기까지 남자 여자를 인식해 본 적이 없는데, 사위들이 생기다 보니 남자 여자 성을 가른다. 남자들 여자들 하며 여자들끼리 여행을 간다거나, 남자들끼리 술 마시러 간다거나 하며 종종 남자 여자를 가른다. 아빠는 여지없이 여자로 분류된다. 언제나 그렇듯이 우리와 함께 한다. 그렇지만 굳이 따지자면 아빠는 남자다.

엄마와 아빠가 그렇게도 많이 싸우며 사니 마니 했어도 지금껏 함께 살고 있는 건 아빠가 여자관계로 속 썩이지는 않았다는 것이 엄마의 이유이다.

앨범 속 여인은 엄마를 만나기 전 아빠와 선보기

로 했던 사람으로 남산에서 만나기로 했는데 나타나지 않았단다. 어찌 되었든 그날의 아빠는 멋지게 차려입고 남산도서관과 함께 사진 속에 있다.

뭐 해?
애 밥 차려주지 않고?

아빠: 밥 먹었니? 밥 먹어야지? 뭐 해? 애 밥 차려주지
　　않고?

　　냉장고 문을 열어 한 차례 훑는다. 내가 먹을 반
찬이 없다. 맨밥에 비벼 먹을 달걀도 없다. 부엌을 떠
나며 "안 먹을래" 한다. 엄마 아빠는 서로를 쳐다보며
미안해한다. 나는 소파에 앉아서 연신 배고파 배고파
한다.
　　엄마가 아빠의 눈초리에 못 이겨 "내가 이 나이에
다 큰 딸 밥 해줘야 해?" 하신다. 나는 울컥해서 집을

나온다. 아니나 다를까 며칠 지나면 전화가 걸려온다.

엄마: 왜 왜 안 와? 나물도 무치고 반찬 많이 했어. 가져
　　갈래?
딸: 무슨 나물? 고사리? 싫어.
엄마: 아니야, 시금치랑 콩나물도 무치고, 아빠가 오뎅
　　볶음도 했어.
딸: (엄마를 위해서 흔쾌히 답한다) 알았어. 갈게.
딸이 밥을 먹고 있다. 아빠는 무심히 식탁으로 다가와
앉는다.
아빠: 기가 막히게 맛있는 거 만들었는데 먹어볼래?
딸: 에이, 양파, 마늘 많이 들어갔잖아, 안 먹어.
아빠가 뚜껑을 연다. 이름 모를 몸에 좋다는 채소들이
가득하다. 양파도 안 보인다. 마늘도 하나 안 넣었다고
거짓말도 하신다.
딸: (아빠를 위해서 흔쾌히 답한다) 좋아. 먹을래.

　　작년까지만 해도 식탁 머리에서 엄마 아빠와 나
눈 대화이다. 엄마 아빠와 식성이 다르다 보니 내 반

찬을 따로 만들지 않으면 먹을 게 없다. 언제는 엄마가 "이제 네가 너 먹을 거 알아서 차려 먹어. 나도 이제 귀찮아서 반찬 만들 힘도 없어" 하셨다. 그러더니 집에 가도 두 분 다 소파에서 일어나질 않으신다. 나역시 웬만하면 밥 먹을 생각을 않는다. 정 배고프면 동생 집으로 올라가서 '나도 먹을까' 하며 숟가락을 얹는다.

마흔한 살엔가 직장 때문에 수원으로 이사했다. 냉장고, 세탁기, 텔레비전 정도 샀고, 부엌살림이라고는 컵 몇 개, 숟가락 젓가락 한 벌, 그릇 몇 개, 전자레인지가 전부였다. 가스 불 켜는 것을 무서워해서 밥도 반찬도 집에서 만들어 준 것을 전자레인지에 데워 먹었다. 구내식당에서 아침부터 저녁까지 해결할 수 있었기에 먹고사는 데 별 어려움이 없었다.

쉰이 된 지금은 반찬만 집에서 가져와 전자레인지나 전기레인지에 데워 먹는다. 엄마의 선언 이후로 집에다 뭘 해달라고 하지 못하고, 동생이 만든 반찬을 간혹 가져온다. 동생 반찬이다 보니 마늘이나 양파를 빼달라고 요구할 수가 없다. 안 먹거나 일일이 빼고

먹거나 한다.

아빠는 항상 밥을 차려 주셨다. 반찬이 없는 거 같다 싶으면 주무시다가도 침대에서 몸을 일으켜 '달걀 프라이 해줄까' 하신다. 나는 세 개 해달라고 반숙으로 해달라고 소금은 뿌리지 말라고 주문한다. 내가 혼자 밥 먹을 때엔 옆에서 뭔가를 만들거나 내 옆에 앉아 계셨다.

작년 겨울, 통풍에 걸리시고서는 걷는 것도 힘들어하신다. 침대에 누워 계시거나 소파에만 앉아 계신다. 함께 식사할 때도 내 그릇이 비면 더 가져다 먹으라고 말씀만 하신다. 작년까지만 해도 직접 떠다 주시곤 하셨다.

'밥심으로 산다'는 말이 있다. 밥을 먹고 나서 생기는 힘이다. 그 힘이란 보이지 않는 에너지이다. 특히 집밥은 가족에게 에너지를 준다. 자식에 대한 존중과 사랑을 곁들임으로 소반으로 혹은 몇 첩 반상으로 내놓는다.

집밥을 먹고 나면 세상에 나갈 수 있는 힘을 얻는다. 집밥심의 위대함은 평소에는 모른다. 주기마다 당연히 주입되다가 더 이상 주입될 수 없게 되었을 때, 동이 났을 때야 비로소 그 진가를 알게 된다. 부모님 곁을 떠나야 알게 된다.

부모님들이 그렇게나 밥 먹으라고 밥 먹으라고 했던 이유를 알겠다. 밥 안 먹어서 죽겠다고 한 이유를 알겠다. 세상에 지친 이들에게 밥 사먹으라고 건조하지만 돈을 건네는 이유를 알겠다. 밥심으로 삶에 대한 용기가 다시 생겼다고 찾아와서 고마워하는 그네들의 심정을 알겠다.

젊은 시절, 친구들과 전화 끊을 때마다 밥 먹자고 했다. 밥 먹는 귀신이 붙었냐고 그러니까 살이 찌는 거라고 언니가 놀렸다. 내가 밥 먹자고 한 것은 단순한 인사치레는 아니었다. 대부분 술을 마시긴 했지만 좋아서 만나고 싶어서 하는 약속이었고 꼭꼭 지켰다. 지금은 가끔 밥 먹자는 말을 건네는데, 정말 밥이 필요할 때이다. 그네들이 조금이라도 삶을 지탱하는 힘을 얻었으면 하는 마음에서 '밥 먹어요' 한다. 지금은 신중하게 말한다.

난생 처음 본 아빠의 글

내 나이 마흔여덟 초반, '이젠 나를 표현하며 살아야겠다'는 생각에 예술의 전당 미술아카데미 자유 드로잉을 수강신청했다. 무작정 '뭔가 그리겠지, 한번 그려보자' 하며 두려움 반 호기심 반으로 찾았다.

내게 이런 심경의 변화가 찾아온 것은 왜일까? 왼손이 하는 일 오른손이 모르게 하라는 옛말도 싫고, 지금껏 자신의 업적으로 살아오다가 부하직원의 공으로 돌려야 하는 것도 싫고, '겸손'이라는 미덕 아래 '아니에요, 제가 뭐 한 게 있다고요' 하며 사는 것도 싫고 등등 암묵적 강요가 더 이상 지켜워진 것은 아닐까.

누구는 결혼하고 이름을 잃고 자신을 잃었다고 하는데, 난 조직과 공동체 안에서 나를 잃고 개인을 잃었다. 나의 의견은 있었지만 그것은 조직 속 내 역할에 의한 것이지 '나'라는 개인의 것은 아니었다. 그렇다면 나는 어떤 사람이고 무엇을 표현하고 어느 때 가장 나다운가?

다시금 '나는 누구인가'에 대한 고민이 시작되었다. '나는 누구인가'에 대한 고민은 영어만큼이나 평생의 숙제이다.

자유드로잉은 말 그대로 자유롭게 내가 표현하고 싶은 것을 그리는 시간이자 공간이다. 나를 표현하고 나를 찾겠다고 간 그곳에서 얼굴 가득 인상을 쓰고 전투 모드로 열중하고 순간순간 희열을 느낀다. 한없이 빈둥대며 무엇을 그릴지 몰라 사람들 사이를 서성이다가 어느 순간이 찾아오면 무작정 집중과 몰입으로 나를 잊는다.

그렇게 하나둘 그림이 쌓이고, '나'를 찾겠다는 마음은 '안절부절, 두려움, 호기심, 도전, 성취, 안도' 등의 순간순간을 오가며 자연인으로서 민낯을 내보인다. 더없이 자유롭게 사고하고 더없이 자유로워야 하는 그곳에서 그간 살아온 내 안의 틀에서 무엇을 그릴지 고민하고 내 안의 잣대를 들이대며 남의 그림을 평가하는 나를 마주한다.

나를 표현하고 싶다는 것은 나의 존재가 점점 사라져 감을 알기 때문이다. 그동안 애써 살아왔는데 어느 순간 나는 어디에도 없다. 이 얼마나 허무한가.

이런 마음이 아니었을까. 문득 자신의 삶에 대해, 나에 대해 무언가 표현하고 싶었던 때. 내가 살아 있음을 내보이고 싶었던 때.

대학생 때인가 아빠의 글을 발견했다. 발견이란 말이 이상하다. 아빠가 썼다며 알 수 없다는 듯 화장대 위에 있는 것을 엄마가 건네주셨다. 난생 처음 보는 아빠의 글, 어린 마음에 덜컥했다. 왜?

네다섯 장은 됐던 거 같은데, 누런 A4 용지에 아빠의 글씨체가 담긴 글이었다. 내용은 기억나지 않지만 당시엔 무엇을 말하려 했던 것인지 알 수 없었다. 그냥 글씨 잘 쓰시네 하며 넘겼다.

이제 와 생각해보니 아빠는 그때 뭔가 말하고 싶으셨다. 내가 대학교 초기였으니까 아빠 나이 50대 초반이다. 지금의 나처럼 나는 누구인가를 고민했던 것은 아니었을까? 그래서 글을 썼고 누구나 알 수 있는 곳에 놔두었다. 그런데 가족 누구도 그 글을 이해하지 못했고, 글에 대해서 일언반구 말이 없었다.

삶의 순간순간이 힘들다고 느꼈던 때는 나의 존재를 누구도 알아주지 않았을 때이다. 아빠가 힘들었을 그때 우리 모두는 각기 놓인 삶에 바빴다. 훗날 '아빠와 같은 지금의 나와 같은 때가 올 것을 누구도 몰랐다.

지붕 위 주말농장

어릴 적 마당 한편엔 커다란 라일락 나무와 청포도 나무가 있었다. 라일락 나무에 오르내리며, 또는 아빠가 만들어 준 그네를 타며 놀았고, 여름이면 청포도를 수확해서 동네 이웃들에게 나눠주며 자랑을 했다.

마당 중앙의 밭에는 딸기와 토마토, 옥수수, 깻잎, 고추, 무, 배추 등의 농사를 지었고, 그렇게 얻은 반찬으로 우리들의 밥상을 가득 채웠다. 그렇게 살다가 거의 10년을 남의 집에서 살며 아무것도 할 수 없었다.

다시 아빠 집을 갖게 되었을 땐 집 안에 그 정도

로 넓은 밭을 가진 집은 찾아볼 수 없었다. 작은 텃밭 수준의 작은 농사를 지었다. 일을 그만두신 후에는 서울 근교에 주말농장으로 사용하는 밭을 빌려서 고구마와 고추, 배추를 심으셨다. 아빠 혼자 하실 수 있는 양이 아니어서 주말이면 우리들도 따라갔다.

2011년 나의 교통사고도 그때 일어났다. 아빠의 주말농장에 엄마와 조카 태우고 가다가 중간에 사고가 났다. 뒤에 타고 있던 엄마와 조카는 다친 곳 없이 말짱하셨고, 나는 그날 하루의 기억을 잃었다.

집을 짓고 나니 농사지을 땅이 없다. 1층의 작은 텃밭은 자동차 매연으로 자라지도 먹을 수도 없다. 생각해낸 것이 옥상이다. 흙과 거름을 사고, 흙 담을 용기 40개를 사서 작은 밭을 일구셨다. 각종 토마토와 상추, 고구마, 고추, 배추 등을 심으며 고기 먹을 때나 주스를 만들 때 뽑는다.

작은 텃밭이지만 할 일이 많다. 옥상에서 가꾸는 거라 하루라도 물을 안 주면 큰일 난다. 여름엔 햇볕이 너무 강해서 그늘막도 쳐야 한다. 봄이 되면 얼었던 흙을 일일이 부수고 거름과 섞고 해서 좋은 토양으로 만들어야 한다. 평소엔 잡초도 뽑고 벌레도 잡고 잘 자라고 있는지 바라보기도 해야 한다.

언니와 동생네 포함해서 네 가구가 함께 살고 있지만 공급량에 비해 수요량이 너무 적어 처치를 못 하는 경우가 많다. 엄마 친구들에게 동네 사람들에게 나눠주며 우리 농산물의 맛과 농부의 건강함을 알린다. 우리들에게 강제로 할당하기도 하지만 자라나는 그들의 양을 감당할 수가 없다. 가면 갈수록 우리들이 다 먹지 못하는 것을 알고 있지만 멈출 수가 없다.

아빠는 통풍으로 옥상에 오르내리는 것이 힘들어지셨지만, 여행으로 집에 안 계실 때도 누군가에게 부탁해서 물을 주게 하시고, 올해는 농사를 망쳤다느니, 뭣 때문에 잘 안 됐다느니 하시고, 자라나는 애들의 사진을 찍어서는 너무 보기 좋다고 자랑도 하시고 하며 하루를 보내신다.

옥상에서 고기를 먹을 때에는 바로 꺾어서 씻어서 먹을 수 있으니 수확의 기쁨과 공유의 기쁨을 함께 누릴 수 있어서 기쁨 두 배이다. 초반에는 조카들이 어렸으니 옥상에서 함께 모이는 일들이 많았다. 여름에는 더위도 피하고 고기도 먹고 겨울에는 고구마도 굽고 했지만, 지금은 아이들이 자라서 학원 가고 바빠지면서 모이는 일이 줄어들었다.

이젠 거의 아빠만 옥상으로 농사지으러 가신다.

아빠가 '싫어'라고 했다

우크라이나의 화가 시네자나 수쉬(Snezhana Soosh)가 그린 아빠와 딸의 관계 삽화가 한참 내 마음을 끌었던 적이 있다. '어머머 어쩜 나랑 이리 똑같을까.' 그 그림을 보는 모든 이들의 얼굴에는 미소가 번지고 금세 따뜻함을 느낄 수 있을 것이다. 세계 어디서나 딸이 아빠를 그리고 생각하는 마음은 똑같은 것 같다.

무엇을 요구하든 항상 '오케이' 했던 아빠였다. 당장은 답변하지 않더라도 지나고 나면 해놓고 기다리셨다. 그러던 어느 날 아빠가 '싫어'라고 하신다. 아

빠 입에서 '싫어'라는 단어가 나왔다는 것이 실감나지
않는다.

아빠는 '아주 못됐어'라는 정도의 부정적인 표현
을 하셨을 뿐, 자신의 감정을 드러냈던 적이 없었던
듯하다. '슬프다' '좋다' '기쁘다' 등 당신의 감정을 드러
내놓고 표현했던 적이 있으셨나.

내가 살면서 내 감정을, 자기표현이라는 것을 해
야겠다고 생각했던 것이 요 몇 년이다. 나이 오십 줄
에 들어서는 즈음 나는 누구인가 되돌아보게 되었다.
나를 이젠 내놓고 살아야겠다고 생각했다. 그래서 시
작한 것이 그림 그리는 것이다. 온전히 나의 감정, 생
각을 표현할 수 있는 도구라고 생각했다.

내가 뭔가를 당연하게 부탁을 했다. 벌레를 잡아
달라고 했는지, 하수구 머리카락을 버려달라고 했는
지 사소한 것이다. 싫다는 이유를 설명하지는 않으셨
지만 피곤한 표정을 지으셨다. 이젠 사소한 하나하나
를 할 힘이 없다는 느낌을 받았다. 아니, 하고 싶지 않
다는 의미로 들렸다. 그때가 지금으로부터 3-4년 전
이지 않나 싶다. 대략 일흔대여섯쯤 아빠는 선언을 하

신 것이다. '이제부터 사소한 것들은 너희들이 알아서 해라.'

언니랑 동생들에게 아빠가 '싫어'라고 하셨다고, 아빠가 어떻게 그럴 수 있냐고 같은 딸들의 공감을 얻고자 하소연했다. '이젠 네가 좀 알아서 해. 아빠도 늙었어.' 딸들의 답변이다.

그들은 왜 나와 다른 반응일까. 외롭다.

당신의 얼굴은 백퍼 가꾼 것이다

아빠를 아는 사람 백이면 백 모두가 하는 말이 있다. 사람 좋게 생겼다는 말이다. 동생들 시어머니들을 포함하여 동네 아주머니들은 아빠가 잘생겼다고 좋아한다.

아빠의 웃는 얼굴은 보는 사람들로 하여금 마음을 따뜻하게 만든다. 훈훈한 미소를 가지고 있는 아빠지만 요즘엔 웃는 일이 거의 없다. 그걸 알기에 우스갯소리 한 번 하고 아빠 얼굴을 살핀다. 아빠가 웃는 얼굴을 하면 한 번 더 우스갯소리를 한다.

아빠는 거의 집에만 계신다. 가끔 들를 때마다

아빠의 안색과 피부탄력, 주름 정도 등을 체크한다. 건강 상태가 얼굴에 나타나는 것도 있지만, 그동안 늙으신 건 아닌가 한다. 스피루리나, 비타민, 단백질가루 등을 챙기며 덜 늙으시길 바란다. 이발이라도 한 날이면 훤한 미모가 감춰지지 않는다고 과한 감탄의 표현을 한다. 혹시나 얼굴 찡그릴 일이 있으면 알리지 않으려고 조심한다.

아빠와 다르게 엄마는 아쿠아로빅을 하며 어른들과 어울리시고, 운동도 하시고, 먹으러 다니시고, 교회 나가시고, 집에 거의 안 계신다. 아줌마들 속에서 많은 말씀을 하는 건 아니시지만 어울려서 즐거운 시간을 보내고 들어오시면 아빠도 덩달아 기분이 좋아진다.

나이 쉰이 되니 하루가 다르게 늙는다는 말을 뼈저리게 느낀다. 아침에 일어나 밤새 늘어난 주름에 한숨 쉬고 있는 나를 본다. 신체 늙는 건 잡을 수 없다지만 그것으로 인해 마음이 늙어간다. 나도 이런데 엄마아빠는 오랜 시간 동안 얼마나 힘드실까. 쌍꺼풀도 해드리고 싶고 점도 빼드리고 싶다.

조카들을 보면 자연스레 미소를 띠시는 걸 알기에, 언젠가는 조카들에게 다달이 얼마씩 용돈을 보내며 오며 가며 할아버지 할머니께 가끔씩 작은 군것질을 사드리라고 한 적도 있었다.

막내 조카가 친할머니와 통화하는 걸 들었다. 얼마나 살갑게 대하는지 '사랑해' '알러뷰' 온갖 예쁜 짓을 하며 영상통화를 한다. 우리 엄마 아빠께도 예쁜 짓 좀 해달라 했더니, 친할머니는 멀리 혼자 사시니까, 자기를 자주 볼 수 없으니까 사랑 가득 담아 통화를 한단다. "우리 서현이 참 착하네, 잘 하네" 했다.

언제부터인가 가끔씩 "엄마 아빠는 어쩜 이렇게 주름이 하나도 없어? 비결이 뭐야?"라고 물으면 엄마는 "나는 원래 주름이 없어, 다른 할머니들 보면 입가에 눈가에 주름이 자글자글한데" 하시고, 아빠는 "아침에 일어나서 나처럼 이렇게 이렇게 30분씩 해봐"라고 하신다.

마흔이 넘어 얼굴에 책임을 진다는 것은 무엇인가. '삶이 그대를 속일지라도 노여워하거나 슬퍼하지 마라'도 있지만, 설령 노여워했거나 슬퍼했을지라도 다시금 돌려놓으려고 애써라.

4부

딸 넷은 이렇게 자라고

그런 동생들이 요즘 언니들에게 불만이 많다.
다른 집 언니들은 고기도 구워주고,
김치도 담가준다는데,
우리 집은 고기도 자기들이 굽는다고 구시렁댄다.
큰언니가 고기 굽는 것은
동생들이 하는 게 맞다고 한 이후로는
다른 집은 언니들이 김치도 담가준다는데 하며
구시렁댄다.
언젠가 김치를 담가줘야 할 것 같다.
그런데 그런 날이 오려나 모르겠다.

할아버지의 자식들

    내겐 돈 많은 할아버지가 있었다. 엄마가 돈 많다 하시니 그렇다고 생각한다. 돈 많은 할아버지가 여느 할아버지와 다른 점은 자식은 물론 손주들에게도 정이 없으셨다. 당신 본인만 챙기며 사시다가 어느 날 갑자기 가셨다.

    할아버지는 항상 식사 전이면 당근과 사과를 갈은 주스 한 잔과 날달걀을 드셨다. 당근과 사과를 일정 비율로 강판에 갈아 면주머니에 넣어 손으로 짠 진짜배기를 드셨다. 당근과 사과는 일 년 사시사철 할머니가 직접 사러 다니셨고, 크지도 작지도 않아야 했다. 비율이 달라지면 대번 할아버지의 불호령이 떨어지기에 재료도 짜는 것도 할머니가 손수 하셨다. 할아버지 외의 사람이 맛볼 수 있는 주스는 부엌에서 강판에 갈아 짜고 남았을 때 한 컵도 안 되는 양 정도이다. 당근사과 주스는 감히 우리가 넘보지 못할 것이었다.

할아버지는 항상 아침 9시쯤 일어나서서 신문을 읽고, 주스와 날달걀을 드시고, 한 줌 정도의 흰밥에 맑은 국, 생선과 명란젓 정도의 간단한 반찬으로 식사를 하셨고, 우루사와 박카스를 드셨다. 간식이나 담배, 술도 일절 안 하셨다.

외출하실 때는 양복에 넥타이, 잘 닦인 까만 구두를 신으셨고, 항상 제시간에 돌아오셔서 저녁식사를 하시고, TV를 잠깐 보시고는 일찍 주무셨다. 이러한 생활은 서울에 계실 때나 울산에서 사실 때나 돌아가시기 전까지 다르지 않았다. 하루 종일 함께 있어도 말씀이 거의 없으셨다.

자식들도 아버지에 대한 정이 없었다. 어느 집 자식들이라면 어려울 때 찾아가 납작 엎드려 나 좀 살려주소 했으련만 전혀 그러지 않으셨다. 명절이나 제사 때 모이는 것 외에 아버지 댁에 방문하는 일이 거의 없으셨다. 남자 형제만, 아들만 있어서인가 정말 삭막하기 그지없는 가족이다.

아버지와 아들의 가족관계는 젊은 날 깨졌던 것이다. 아버지가 한국에 안 계신 동안 둘째 아들과 셋째 아들은 아버지의 땅과 집으로 힘든 서울생활을 즐기며 멋지게들 사셨다. 고향에 남은 첫째 아들은 우직하게 농사지으며 사셨다. 둘째 아들과 셋째 아들은 첫째 형에게 미안했던지 첫째 형이 할아버지 재산을 꿀꺽했을 때도 반발하지 않았다.

할아버지는 자식들을 믿지 않으셨고, 당신의 이종 조카들과 깊은 연을 쌓으셨고, 할머니의 조카와 깊은 연을 쌓으셨다. 말년에는 할머니 조카가 있는 울산으로 이사를 하셨을 정도이다. 할아버지의 둘째 아들도 아버지가 있는 울산으로 이사를 하셨다. 셋째 아들만 여전히 서울서 살고 있다.

엄마의 남편
—손수 엄마를 책임질 사람

우리네 주변 관계를 가족, 연인, 친구로 나눌 수 있지 않을까 생각한다. 나를 알고 이 세상을 왔다 간 사람이라면 셋 중 하나이다.

가족, 나와 혈로 맺어진 사람들. 아빠 엄마 언니 동생과 같이 나의 부모님과 형제들로 맺어진 사람들과 그들을 단위 개체로 이루어진 가족들로 나눌 수 있다.

연인, 나와 성적 이끌림을 나눈 사람들. 시간적으로 '옛 연인'과 '현 연인'으로 나눌 수 있다.

친구, 나와 인간적 만남을 가진 사람들. 개인 관심사로 만나거나 비즈니스로 만난 사람들로 기간/시기와 관심사/비즈니스의 종류에 따라 세분화할 수 있다.

생애단계별 중요사건이 '부모, 형제, 친구, 연인, 남편, 자식'으로 관계를 맺는 것이라고 볼 때, 이들 중 남편은 가족, 연인, 친구 중 어디에 해당할까? 흔히들 '누가 안 보면 내다 버리고 싶은 존재'가 가족이라고 한다. 남편은 맘만 먹으면 남남이 될 수 있다고 하니, 남편은 가족이라 하는 것이 옳겠다.

다소 우스개 같은 전제로 글을 시작했다. 결혼을 하지 않은 내가 사람 간의 관계를 셋으로 나누었고, 다행히도 엄마와 혈을 나누지는 않았지만 남편인 나의 아빠가 우리 가족이 되었다.

어찌 되었건 이들과의 관계가 언제 맺어지고, 얼마나 오래 지속되고, 어떤 이유로 끊어지고 하느냐에 따라 인생의 굴곡이 만들어진다. 저마다 짊어진 삶의 무게는 가족, 연인, 친구와 함께 나눌 수 있느냐 없느냐, 어떻게 얼마나 나눌 수 있느냐에 따라 달라질 것이다.

남편에 대해 생각해본 적이 있다. 쉰 살의 친구들과 주위 어르신들의 삶을 봐 오면서 세대별 남편의 모습이라고 정리했었다.

20대 여성들에게 남편은 지금까지 살아온 삶의 성과이다. 힘들게 공부했던 학창시절, 사회에서 살아남기 위해 몸부림쳤던 그 모든 것들이 남편의 직장, 재력, 학력, 외모 등으로 귀결된다.

30대 여성들에게 남편은 자식의 아버지이다. 그들의 삶엔 오로지 자식만 존재한다. 기대했던 남편의 모습이 현실과 다름에 더 이상 괴로워하지 않는다. 충실한 아버지로서의 역할만을 요구한다.

40대 여성들에게 남편은 가정경제의 주 수입원이다. 남편이 언제라도 퇴직할까 바람피울까, 그로 인한 삶의 변화가 두려워 남편을 관리한다. 만일의 사태에 대비하기 위해 다시 직장을 찾고 쌈짓돈을 챙기며 미래를 대비한다.

50대 여성들에게 남편은 전장의 동지이다. 함께

살아오면서 겪었던 어려움과 고달픔을 나누고 헤아리며 서로를 불쌍히 여긴다. 곁에 있어줘서 견딜 수 있었음을 부정하지 않는다.

60대 여성들에게 남편은 첫째 아들이다. 버팀목이자 챙겨야 할 유일한 존재이다. 사회적 입지는 점차 줄어들고 살아가야 하는 이유를 자가충전해야 하는 그들이다. 긴 세월을 살아왔음에도 여전히 어설픈 남편이 곁에 있어서 위안이 된다.

보약을 많이 먹으면 죽을 때 고생한다는 말이 있다. 홍삼을 드시는 엄마에게 '죽을 때 고생한다'고, 자식들이 고생한다고 아빠가 그러셨다. 뼛가루를 강에 뿌리는 TV 장면을 보며 싫다는 엄마에게 그렇지 않으면 자식들이 고생한다고 아빠가 그러셨다.

아들이 없는 엄마에게 아빠가 큰아들이었던 적이 있었을까. 엄마에게 아빠는 영원히 평생을 속 썩였던 남편이다. 젊은 날 아빠 때문에 고생하셨다고 노래를 부르셔서, 아빠가 미안하다고 하셨고, 그래서 지금 얼마나 잘 하고 있냐고 하셨다. 그 부분에서 엄마도 동의하셨다.

우리들 눈에는 정말 더없이 멋진 남편이다. 지금까지 엄마와 우리들을 챙기셨고, 앞으로도 그러실 것이다. 늙어 늙어 엄마는 아빠를 돌보지 않더라도 아빠는 엄마를 돌볼 사람이라고 그 누구도 의심치 않는다. 두 분이 동갑이시지만 연세가 드실수록 이전보다 더한 아빠의 챙김 속에 엄마와 함께하신다.

그렇지만 엄마의 한 번씩 나오는 레퍼토리는 멈추는 법이 없다. '내가 너희들 아빠 때문에 얼마나 고생을 했는지 알아.'

혼사
―오다가 주웠다는 신문 쪼가리

　　아빠의 극진한 사랑이 너무 과했던 탓일까, 딸들은 각자의 삶을 살아가는 데 힘을 쓸 뿐 결혼에 대한 생각이 별로 없었다. 결혼의 필요성을 별로 느끼질 않았다. 아빠 엄마도 자식 혼사에 적극적이지 않았다. 다 자기 할 나름이지 하셨다.

　　고등학교 다닐 때 언니는 대학생이었고, 남자친구가 있었다. 이에 낀 고춧가루를 떼어줄 만큼 친하게 지냈고 엄마 아빠도 사귀는 것을 알고 있었다. 남자친구는 아빠를 무서워했고 아빠는 언니의 남자친구를 별로 좋아하지 않았다. 남자친구가 아빠를 무서워

한 이유는 아빠 없이 자라다 보니 아빠라는 존재만으로도 위엄이 느껴졌고, 특히나 전화 속 여자친구의 아빠는 더욱 떨게 만들었다고 한다. 그런 남자친구가 아빠는 못마땅했다. 집안의 막내라는 것도 그렇고, 홀어머니 밑에서 자란 것도 그랬지만, 특히나 아빠 세대들이 따지는 지역적으로 아빠와 다른 색의 지방 출신이었다.

결혼 얘기가 오갔던 남자친구는 그 이후로도 있었는데, 어느 날 남자친구 엄마라는 분이 집에 왔다. 언니로부터 전해들은 얘기로는 '딸 넷인 집안에 그것도 첫째인 언니에게 자기 자식을 맡길 수 없다'고 했단다. 그 남자친구 역시 홀어머니 밑에서 외아들로 자란 어디에나 있는, 하지만 그 엄마에겐 어디에도 없는 귀하디귀한 아들이었다. 그렇게 딸 넷 중 가장 유망했던 언니의 결혼은 멀어져 갔다.

바로 밑 동생은 자기 치장하느라 남자를 사귄다는 말을 했던 적이 없다. 돈 버는 족족 아니 그 이상을 옷 사고 놀고 하느라 집에 없었다. 직장생활을 하는 동안에도 일에 관한 말만 했지 남자에 대한 말은 없었다. 직장에서 자신이 한 행동이 맞냐 틀리냐 하는 것이었지 누구랑 만나고 있다는 말은 하지 않았다. 내가 기억하는 한 제과제빵을 했을 때 찝쩍대는 남자 몇몇에 대해 얘기를 한 것 외에 들은 바가 없다. 그렇게 딸넷 중 가장 예뻤던 동생의 결혼은 보이질 않는다.

딸 넷 중 막내가 스물여섯의 나이에 제일 먼저 결혼을 했는데, 그때 언니가 서른다섯, 내가 서른하나, 바로 밑 동생이 스물아홉이었다. 막냇동생이 일찍 결혼한 이유가 언니들에게 향한 엄마의 잔소리였다고 한다. 나로서는 황당한 이유였지만, 아마도 언니가 대학 졸업한 이후로 10년 넘게 결혼에 대한 잔소리를 들었던 것 같다.

하지만 언니나 나나 당사자들은 잔소리를 들은 기억이 별로 없다. 나의 경우엔 집에 붙어 있질 않아서 들은 기억이 없기도 했겠지만, 다들 내 일이 아니라고 느껴서였지 않았을까 싶다. 엄마 역시도 당사자를 앞에다 두고 결혼하라는 잔소리를 하지 않으셨다.

그러던 어느 날, 엄마가 이런저런 얘기를 하다가 화장대 위에 신문 조각 봤냐고 물으신다. 아빠가 얼마나 답답했으면 그걸 가져왔겠냐고 화를 내신다. '그게 뭔데' 하며 가서 보니, 결혼정보회사 전화번호가 담긴 광고 쪼가리였다. 아빠가 그 부분만 찢어 온 것이다. 우리에게 말은 못 하시고 살포시 보라고 들으라고 알아달라고 올려두신 것이다. 순간 '피식' 웃음이 났다.

서른 초반엔가 아빠가 소개해준 남자를 만났다. 가락동시장에서 건어물 장사를 한단다. 두 번 만나고 그만뒀다. 내가 전화를 계속 받질 않으니까 한번은 이상한 번호로 전화한 것을 내가 받게 되었다. 그 사람 왈 건강하게 잘 살라는 말을 하고 싶었다고 했다. 두 번을 만났지만 내게 최선을 다한 좋은 사람이었다. 하지만 아빠가 왜 안 만나냐고 물으셨을 때, 내가 그랬다. '아빠는 아빠 딸이 건어물 냄새 풍기면서 살면 좋겠냐'고. 아빠는 더 이상 말이 없었다.

서른여섯엔가 다니던 회사를 그만두고 캐나다로 어학연수를 가겠다고 통보 아닌 통보를 했다. 그때 아빠가 결혼은 안 할 거냐고 물으셨다. 캐나다를 가야 했기에 다녀와서 하겠다거나 했을 수 있었는데, 대번 무슨 결혼이냐고, 난 별로 결혼할 생각이 없다고 했다.

　일 년 정도 캐나다를 다녀오니 집안 사정이 낯설 정도로 바뀌었다. 나의 방은 없어졌고, 시집 간 막냇동생은 둘째 조카를 낳았고, 바로 밑 동생과 언니는 곧 결혼을 한다고 했다. 겨우 1년 전만 하더라도 전혀 생각지 못했던 사건이다. 딸 넷이 서로 떨어져본 적이 없는데, 막내가 먼저 결혼했어도 직장이 우리 집 근처여서 가까이에 있었고, 엄마 아빠가 큰 조카를 키웠기에 하루가 멀다 하고 함께 했다. 하지만 둘째 조카가 태어나고 직장을 그만두면서 멀어져 갔고, 나도 집에서 사라졌다. 그렇게 남은 그 둘은 결혼을 했다.

　아빠는 한꺼번에 두 번의 혼사를 치러야 하는 것에 미안해하셨다. 하객들을 배려한다고 동생이 11월에 식을 올렸고 언니가 다음 해 1월에 결혼했다. 언니와 동생들이 떠나간 빈자리에 혼자 남겨진 나는 박사과정에 진학하게 되었고 동아리 활동을 하며 바쁘게 보냈다. 혼자 남겨진 자가 갖는 외로움을 느낄 새도 없이 새로운 환경과 오래간만의 학업에 힘겨운 시간을 보냈다. 그런 나의 곁에는 엄마 아빠가 계셨다.

가깝지도 멀지도 않게
―백년손님

술을 좋아하시는 아빠가 여기 있다. 그렇게 끊기 힘들다는 담배는 단번에 자르셨지만 술은 절대 놓질 않는다. 간혹 입원하는 그 며칠을 제외하고 또는 약 때문에라도 금주해야 하는 기간을 제외하고는 거의 매일 드신다. 집에서는 반주로 드시고 나가서는 친구들과 즐기시고, 애주가 중의 한 분이다.

아빠는 사돈과 친하게 호형호제하며 지내길 바라셨다. 사위들을 맞이하기 전까지 아빠는 그랬다. 그러나 딸 가진 아빠가 맞닥뜨리는 현실은 맘 같지 않다. 딸 가진 아비는 괜히 스스로가 낮춰진다. 사돈

어른이든 사부인이든 연세가 많든 적든 더욱 공손해진다.

그런 아빠에게는 세 명의 사위가 있다. 이 서방, 박 서방, 최 서방. 그중 가까이에 최 서방이 있다. 물론 세 사위가 아빠와 같은 건물에서 살긴 하지만 이 서방은 거의 만날 일이 없다. 박 서방은 지방에서 근무를 하느라 주말에나 올라오는데, 그렇다고 얼굴을 들이미는 것은 아니다. 최 서방이라고 매일 얼굴을 들이밀지는 않지만 집안에 무슨 일이 생기면 최 서방이 가장 먼저 나타난다. 비가 많이 내려 주차장 하수구가 막히면 최 서방이 들여다보고, 엄마가 봉침을 잘못 맞아 응급실에 실려 갈 때도 최 서방이 갔었고, 옥상 텃밭에 흙이 모자라 아빠가 흙을 사오면 최 서방이 옥상으로 날랐다. 가족모임을 하거나 가족여행을 가면 엄마 아빠 곁에서 살뜰히 살피는 것은 최 서방의 몫이다. 다른 두 사위는 멀찍이서 필요한 각자의 역할을 한다.

그런 사위들이 뭔가 잘못하면 딸들은 쪼르르 아빠한테 이른다. 아빠는 잠자코 듣기만 한다. 특히나 부부간의 잘잘못을 가리는 문제에 대해서는 절대 한 마디도 않는다. 언니나 동생들에게 이렇게 저렇게 하라고 하지도 않는다. 그냥 듣고만 계신다. 아빠가 무엇을 어떻게 해주지도 않는데도 우리들은 어쨌거나 아빠에게 이른다.

그런 아빠는 주말이면 고기를 사 오신다. 박 서방도 지방에서 올라오고 가족들이 다 모일 수 있는 시간이다. 그러면 사위들이 불을 지피고 자리를 정돈한다. 딸들은 각자의 집에서 필요한 집기나 음식을 옥상으로 나른다. 이렇게 만들어진 가족모임에서 아빠는 사위들과 길게 술을 마시는 일이 없다. 건배 정도 하고 잔이 비면 사위가 따라주는 술을 마신다. 일정량이 되면 더 이상 마시지 않는다. 고기 몇 점 드시고 2층으로 내려가신다. 그러면 사위들은 자기들끼리 마신다. 딸들은 그간 있었던 집안일을 서로 나눈다. 서로 자기 남편이 어떻게 했다느니 아이들에게 어떻게 했다느니 하며 남편들의 잘못을 얘기한다. 이에 질세라 사위들도 '처형, 잘 들어보라'며 서로의 얘기를 한다. 그러는 동안 주말 밤이 깊어간다.

어린이날
―조카가 태어나면서 없어진 날

    어린이날은 1년 중 최고의 날이다. 어린이로서 어른들로부터 존중받는 날이기도 하거니와 실제 어른들의 사랑이 느껴지는 날이다. 우리나라는 어린이에 대한 사랑과 보호의 정신을 높임으로써 이들이 옳고 아름답고 슬기로우며 씩씩하게 자라나도록 하기 위하여 매년 5월 5일을 어린이날로 한다고 되어 있다.

    딸 넷이 자식으로서 가장 존중받는 날은 어린이날과 크리스마스가 으뜸이다. 자식으로서라고 해야 하나 어려서라고 해야 하나, 어린 자식을 둔 부모의 심정을 가장 크게 느끼는 날이다. 아비로서 자식들을 거둔다는 가득함이 느껴진다. 내 자식들이라는 순수함이 느껴진다. 매년 아빠는 어린이날을 기념했다. 우리 모두가 중학교 고등학교에 가고 심지어는 어른이 되어서도 어린이날이면 뭔가 사 들고 오셨다. 결코 돈을 준다거나 하지는 않았다. 함께 나눌 수 있는 것, 모여 앉아 먹을 수 있는 것들을 준비하셨다.

어린이날이 한참 지났던 때였다. 중학교 2학년인 나를 굳이 어린이날이라고 놀이공원에 데려가셨다. 당시 가고 싶지 않았지만 놀이공원이라 더더욱 가고 싶지 않았지만, 아빠가 하도 가자고 해서 엄마와 함께 갔다. 다 큰 자식과 함께 놀이공원에서 사진도 찍고 놀이기구도 타면서 즐거운 시간을 보냈다. 아빠는 그랬다. 그런데 아빠는 왜 그랬을까.

팔십 먹은 노부모에게는 육십 먹은 자식도 물가에 내놓은 아이와 같다고, 매년 작든 크든 어린이날 선물을 받았다. 그것이 과일이 되었든 과자가 되었든 아빠는 '어린이날 선물이다' 하시며 우리들에게 주셨다.

자식을 낳아야 비로소 어른이 된다고 했던가. 막내가 조카를 낳고부터 우리들의 어린이날은 없어졌다. 진정한 어린이가 나타난 것이다. 우리들도 더 이상 어린이날 선물을 달라고 하지 않았다. 모든 이들의 관심은 진정한 어린이인 조카들에게로 향했고, 그들이 말하기 전까지는 동생에게 필요한 것이 무엇인지 물었다. 초반 어린이날 선물은 자기 의사와 상관없이 주어진 것을 소비한다. 조카들의 선호여부와 상관없이 어른들이 보여주고 싶은 것, 해주고 싶은 것을 어린이날이라고 선물한다.

세 명의 이모는 첫 조카의 첫 어린이날에 학습지를 선물했다. 첫 조카는 돌이 되기도 전에 학습지를 선물받았고 그 덕분에 학습지만 거의 15년을 했다. 첫 조카가 초등학교 2학년 때 나와 이탈리아 여행을 했는데, 그때도 이동하는 기차 안에서 학습지를 풀었다. 이모들이 첫 단추를 잘못 끼웠다.

진정한 어린이날은 부모들과 함께 한다. 난 결혼도 안 하고 자식도 없고 어른이 되지 않았는데, 조카들로 인해서 나의 어린이날이 없어졌다. 하지만 지금도 어린이날이 기다려진다. 아빠가 예전처럼 우리를 거두어 줬으면 싶다. 지금은 필요한 것도, 먹고 싶은 것도 별로 없는데도 아빠가 어린이날이라고 선물을 사오면 좋겠다. 아빠의 사랑이 전해졌던 젊은 날의 아빠 딸이고 싶다.

그 시절, 자식을 바라보던 아비의 심정을 알 수 없고, 물론 앞으로도 알 수는 없다. 하지만 매년 어린이날이면, 늙은 부모를 바라보는 자식의 마음은 조카가 태어나기 전으로 돌아가고 싶다. 몸은 돌이킬 수 없지만 젊은 날의 아빠로 돌아가 '내가 너희들의 아빠다' 했던 그 마음을 보고 싶다.

그런데, 그런데 말입니다. 아빠도 같은 마음일까? 자식 된 마음이 다 그렇지 싶은 건? 사람들은 대부분 지나온 과거로 되돌아가고 싶어 하지 않는다. 아빠는 힘들었던 그 시절로 돌아가고 싶을까? 갑자기 절로 고개가 숙여진다.

웃음이 멈춘 순간
—따로 또 같이

언제부턴가 둥근 달을 보며 소원을 비는 습관이 생겼다. 아픈 내 동생 빨리 낫게 해주시고, 엄마 아빠 평안하게 해로하게 해주시고 등등. 1순위였던 엄마 아빠에 대한 소원은 2순위로 밀려났다. 동생이 갑자기 아팠다. 당시 동생 나이 마흔이니까 너무 어리다. 좀 더 살게 해주세요, 인생의 맛을 좀 더 알고 가야 하지 않겠습니까, 병 낫게 해주세요, 제발 이번만은 제 소원 들어주세요.

2012년 겨울, 엄마 아빠께 동생의 암 발병 소식을 알렸다. 담담하셨다. 수술하고 항암하고 요양원 들

어가고, 그런 일련의 과정을 겪는 동안 엄마 아빠께는
수술했어요, 몇 번째 항암하고 있어요, 지금은 요양병
원에 있어요 하며 간단히 간간히 소식을 전했다. 엄마
아빠도 더 이상 묻지 않으셨다.

동생의 갑작스런 발병으로 내색을 잘 않으시는
아빠는 더더욱 무표정이었다. 엄마는 일상의 삶을 그
대로 유지하며 교회를 좀 더 열심히 다니셨다. 간혹
'어떻게 하고 있대' 물으시면 '응, 잘 지낸대. 오늘은 가
발 맞췄대. 교회 가기 시작했대. 운동한다고 자전거
샀대' 하고 말씀드렸다.

그사이 난 회사를 그만뒀고 제주도에 내려가서
그간 미뤘던 논문을 썼고, 개인사업자 등록을 냈고,
혼자 일한다는 것이 조심과 경계를 요구한다는 것을
알았고, 그러면서 콜롬비아니 이라크니 나가 돌아다
니며 일을 했다. 한편으로는 암환우 가족 밴드에 가입
해서 정보를 찾고 교육에 참석하고 하면서 최소한의
아픔을 나누려고 했다. 한번은 교육에 참석했는데 어
찌나 눈물이 나던지 한참을 울었다. 평소에 잠들 때나
혼자 걸을 때 조금씩 울긴 했는데, 그렇게 참았던 눈

물이 나와 비슷한 처지의 사람들을 만나니 주체할 수 없었나 보다. 엄청 울었다.

아픈 동생의 딸인 조카를 봐줄 사람이 없다는 것이 큰 문제였다. 구미에 사시는 친할머니가 먼저 데려가겠다고 하셨다. 서울이 아닌 곳에서 자란다는 것과 교육에 대한 걱정이 앞섰다. 하지만 제부 역시 지방을 오가며 일을 했기 때문에 조카를 돌볼 수 있는 처지는 아니었다. 엄마 아빠는 앞으로 몇 년이 될지 어찌될지 모르는 일이기에 선뜻 키우겠다고 하지 않았다. 그 상황에서도 친할머니의 손주에 대한 정당성은 외할아버지가 넘볼 수 없었다. 조카는 결국 구미로 내려보내졌다.

매년 계절마다 가던 가족여행도 중단됐다. 가족여행의 목적은 뿔뿔이 흩어 지내던 딸들과 엄마 아빠가 며칠 동안이지만 함께 보내는 데 있었다. 40년 넘게 함께 살다가 결혼으로 떠나보낸 그 자리를 다시 메운다는 의미가 있었다. 그러다가 한 건물에 모여 살게 되면서부터는 주기적으로 엄마 아빠 콧바람 쏘여 드리는 행사가 되었다.

동생이 아프게 되자, 구미에서 지내는 조카를 보기 위해서라도 가족여행을 다시 가야 했다. 두 팀으로 나눠서 한 팀은 구미로 가서 조카를 데려오는 임무를 맡았다. 물론 동생이 없으니 제부도 빠지게 되었고 한동안은 완전체를 이룰 수 없었다. 오랜만에 보는 조카는 간혹 억양이 이상했지만 까불까불 금방 예전의 모습으로 돌아와 우리 가족이 되었다.

동생은 내내 병이 더 나빠지지 않도록 조심하며 요양병원에서 지냈고, 중간중간에 검사받으러 서울로 올라왔다. 그때마다 막냇동생이 병원으로 가줬고 이래저래 손발이 되어 주었다. 가평 요양병원에 있었을 때는 의사 눈을 피해 하룻밤을 보내고 갈 때도 있었고 당일 밤에 돌아가기도 했다. 가끔은 언니나 내가 데리러 가고 데려다주고 하며 주말을 보냈다. 동생이 오는 날이면 하루 종일 아빠는 분주했다. 파프리카와 당근, 두부 등 주전부리를 만드셨고, 영양탕이나 추어탕 같은 보양식을 끓이셨고, 그러고는 운동하러 나가셨다.

그렇게 몇 년을 보내던 어느 날 엄마가 그랬다,

우리 집에 웃음이 사라졌다고. 그간 말없이 내색하지
않고 지내셨던 엄마의 슬픔이 느껴졌다. 우린 그렇게
지냈다. 웃을 일을 만드는 것도 웃는다는 것도 동생에
게 미안했다. 서로들 말은 안 했지만 주의해가며 각자
의 일을 하면서 함께 그 시간을 견뎠다.

딸 넷은 이렇게 자라고

언니는 막내와 9년의 나이 차이가 나고, 둘째인 나와는 5학년의 차이가 나다 보니 나에겐 언니가 하나뿐인데도 큰언니라 부를 만큼 언니는 어른이다. 엄마 아빠 역시도 큰애를 대하는 것이 우리와는 달랐기에 큰언니와 싸운다거나 대든다거나 하는 일은 없었다. 언니는 두꺼비집도 만지고 드라이버도 사용하고 아빠를 도울 수 있는 유일한 사람이다.

그런 큰언니가 우리들과 다른 점은 도넛과 수제비, 떡볶이 등등을 만들어줬다는 것이다. 엄마 아빠가 없는 날이면 밀가루 반죽을 뚱땅뚱땅해서 기름에 튀

기고 설탕에 묻힌 도넛을 한가득 떡하니 내놓았다. 그런 큰언니를 우러러봤고 어른으로서 극진히 모셨다.

아무래도 자매들은 언니로부터 영향을 많이 받는다. 서로 싫다 싫다 하면서도 언니가 하는 모든 것들이 좋아 보인다. 언니 따라 하고, 언니 따라 입고, 아침 일찍 언니 옷 몰래 입고 나갔다가 집에 와서 한 번 죽고 다음 날 또 입고 나간다. 그런 것 중 또 하나가 우산이었다. 조금 예쁜 우산이라도 있으면 그거 쟁취하겠다고 다음 날 일찍들 사라진다.

언니로부터 영향을 받은 것 중의 하나가 공부를 같이했던 경험이 아닐까 싶다. 중학교 1학년 들어갔을 때 언니가 고등학교 3학년이었으니까 한창 공부했던 때이다. 언니랑 나란히 책상에 앉아 세숫대야에 발 담그고 밤새워 공부했었다. 그렇게 공부했던 경험이 있어서인지 언니가 대학생이 되고 난 후에도 나는 꿋꿋이 혼자서 공부할 수 있었다.

언니를 좋아했으니 언니가 하는 모든 것들에 관심이 있었다. 언니 친구들이 공부한다고 집에 오면 간식도 사다 주고, 교회에서 밤새우려고 거짓말했을 때도 언니 없는 게 싫어서 엄마한테 고자질도 하고, 언니는 박수교, 친구는 허재를 좋아했을 때도 굳이 이충희를 좋아해가며 현대를 함께 응원했고, 많은 것들을 나이 많은 언니와 함께 하려고 노력했다.

그러다가 한번은 고3 때 뭣 때문인지 '네가 나한테 해준 게 뭐 있냐'며 엄청 화를 냈던 적도 있었다. 하지만 언니는 시험 잘 보라고 백일 반지도 해줬고, 내 인생 처음으로 돈가스도 사줬고, 명동도 데려가 줬고, 도스토옙스키도 알게 해줬고 여러모로 많은 것을 주었다.

그런 나는 유독 언니의 학교, 언니의 교실에 자주 갔다. 언니가 마포에 있는 용강초등학교에 다닐 때 내 나이는 4-5살 즈음이다. 언니가 운동장에서 조회를 하고 있는 동안 교실건물 한편에서 끝나기를 기다렸다가 올라오는 언니를 맞이하고는 함께 교실로 들어가 선생님으로부터 10원, 20원을 받아 들고 집으로 갔다.

그뿐이 아니다. 아빠의 사업 실패로 산천동으로 이사했던 때이다. 용산에 있는 남정초등학교에 다녔

을 때인데 언니는 6학년이고 나는 1학년이었다. 학교
와 집이 멀어 언니와 함께 등·하교를 같이해야만 했
다. 수업을 먼저 끝낸 나는 언니 교실로 가서 점심을
함께 먹고, 수업도 함께 들었던 것 같다. 아니면 운동
장 큰 나무 아래서 바닥에 뭔가를 그려가며 언니를 기
다렸다.

　이런 나에게도 동생이 있었으니 초등학교 2학년
소풍 날, 셋째 경진이가 학교에 쫓아왔다. 소풍이라
가면 안 된다고 엄마가 그렇게 말려도 소풍이라 기어
코 쫓아가겠다고 생떼를 부려서 할 수 없이 학교까지
함께 갔다. 경진이는 선생님의 안 된다는 말을 듣고서
야 엄마와 함께 집으로 돌아갔다.

　막내는 결혼을 제일 먼저 해서 그런가 우리 넷 중
에서 가장 어른스럽다. 엄마 아빠를 거두는 마음도 집
안일을 처리하는 마음도 그렇다. 간혹 나에게 훈계를
한다. 지금은 엄마 아빠가 있지만, 누가 나를 돌보겠
냐며 노후를 준비하라고 한다.

　하지만 동생은 동생이다. 내가 조카들에게 잘 하
는 것은 조카가 이뻐서라기보다는 동생들을 위해서

이다. 동생들이 덜 힘들었으면 하는 마음에 조카들을 살핀다. 그런 동생들이 마흔을 넘기더니 어느샌가 마흔여덟이 되었고, 마흔다섯이 되었다. 동생들은 뭘 해도 마음이 쓰이는 존재이고, 뭘 해도 어리고 뭘 해도 하는 짓이 귀엽다. 그리고 여전히 집 안에 웃음을 안겨준다.

형제들이 모여 어릴 적 얘기를 나눈다. 내가 기억하는 것과 그들이 기억하는 것이 사뭇 다르다. 형제들 중에서 욕심이 많았던 경진이는 항상 모자라 했고 부족해했다. 그래서 맨날 사달라고 조르다가 빗자루로 맞았다. 자기가 맞은 얘기는 한 권의 책으로도 모자랄 만큼 많단다.

경진이와는 유독 많이 싸웠다. 몇 년 전까지만 해도 싸우고 말 안 하고 했으니. 경진이는 나와 달라도 너무 다르다. 지나가는 말이라도 '해줄게, 알았어, 할게' 하면 큰일 난다. '그거 해준다고 네가 그러지 않았느냐' 하며 끝까지 받아낸다. 신기한 것은 조카가 '엄마가 해준다고 했잖아' 하며 자기 어렸을 때처럼 집요하게 받아내고 있단다. 그런 경진이와 상부상조는 아니지만 유일하게 주거니 받거니 한 것이 있었으니 숙제이다. 나 대신 뜨개질이나 바느질을 해줬고, 나는 개학 즈음해서 경진이의 방학 숙제를 엄마의 성화에 못 이겨 해줬다.

막내와는 어떤 추억이 있을까. 막내 태어났을 때 조산원에서 티스푼으로 물을 먹여줬고, 어린 막내를 어린 내가 업어주다가 뒤로 넘어가서 병원에 실려 가게도 했고, 대중목욕탕 물속에 빠진 막내를 엄마가 용감하게 구해냈던 때도 함께 했다. 그런 막내가 커서는 전주대학교에 논문 복사하러 함께 가줬고, 정동진 새벽 일출을 보러 함께 밤기차를 타기도 했다.

그런 동생들이 요즘 언니들에게 불만이 많다. 다른 집 언니들은 고기도 구워주고, 김치도 담가준다는데, 우리 집은 고기도 자기들이 굽는다고 구시렁댄다. 큰언니가 고기 굽는 것은 동생들이 하는 게 맞다고 한 이후로는 다른 집은 언니들이 김치도 담가준다는데 하며 구시렁댄다.

언젠가 김치를 담가줘야 할 것 같다. 그런데 그런 날이 오려나 모르겠다.

삼겹살 사랑

한국인의 삼겹살 사랑은 실로 대단하다. 이런 식
문화로 인한 의문의 피해자가 있다.

모든 한국인이 삼겹살을 좋아하는 것은 아닌데,
외국 나가면 삼겹살, 돼지 바비큐에 대해 설명할 일이
많다. 그때마다 '나는 좋아하지 않는다'라고 하면 왜
그러냐며 말이 길어진다. 그냥 삼겹살을 좋아하는 한
국인 중 한 사람이 되어야 한다.

특히 동남아 여행 패키지엔 삼겹살을 특식 중 하
나로 자랑을 한다. 한국에서 그렇게 먹었으면 됐지,
왜 나가서까지 먹느냔 말이다.

아빠는 삼겹살, 돼지고기를 좋아한다. 나는 돼지고기를 좋아하지도 않지만 생삼겹살의 비계부위는 보는 것만으로도 징그럽다. 어릴 땐 아빠가 옆에서 비계를 떼줬지만 나이 들고 집을 벗어나면 쉽지 않다.

대학생이 되어서는 삼겹살에 소주 또는 김치찌개에 소주가 뒤풀이 메뉴였다. 초반에는 조용히 떼서 먹든가 남자후배들이 떼 주면 먹든가 했는데, 그것도 하루 이틀이지 안주를 많이 시키지도 않았던 때라 떼고 말고 할 시간이 없다. 거의 술만 마셨다. 안주라는 것이 삼겹살만 있는 것도 아니다. 두부김치, 김치찌개, 파전 등이 있는데, 김치도 파도 안 먹는 나로서는 삼겹살과 다를 바가 없다. 거의 술만 마셨다.

서른이 되어서도 마흔이 되어서도 삼겹살 고충은 끊이지 않았다. 마흔이 다 된 박사과정생도 학생이라고 포스코 부장님은 손수 가위로 잘라줬고, 마흔이 넘은 부하직원을 위하여 경기도 과장님은 소등심 1인분을 따로 시켜 주셨다. 굳이 안 먹어도 되는데 사람들은 나를 측은히 여겼다.

그때까지도 몰랐다. 사람들은 삼겹살을 좋아하

니까 먹는 것이고, 나는 소고기를 좋아하니까 먹는 거라 생각했다. 그런데 그게 아니란다. 사람들도 소고기를 좋아한다는 사실을 그때 알았다.

옥상에서 삼겹살 파티를 할 때면 아빠가 직접 고기를 사러 가신다. 아빠는 내게 소고기도 사왔다고 말씀하신다. 그때서야 옥상으로 올라간다.

여행의 별미는 숯불 바비큐, 삼겹살은 기본이고 목살에 나를 위한 소고기에 다양하다. 고기 굽는 순서는 삼겹살이 먼저다. 나도 빨리 먹고 싶지만 삼겹살을 먼저 구우니 기다려야 한다. 그렇다고 내가 직접 굽는 일은 없다.

어느 날은 다들 고기 굽는다고 나가 있고, 혼자 무언가를 하고 있다가 먹으라는 소리를 안 하길래 "내 고기는?" 했다가 "배고프면 네가 구워 먹어" 언니의 한마디에 무너졌다. "내가 어떻게 구워, 안 먹어." 마흔이 넘었지만 먹는 걸로 이러면 서러워 눈물이 난다. 그때서야 아빠가 서둘러 고기를 굽고 나와서 먹으라고 어르고 달랜다.

지금은 조카들이 소고기를 더 좋아해서 한결 수

월하다. 먼저 구워 달라고 하지 않아도 소고기부터 굽
는다.

엄마 아빠는 팔순

　엄마 아빠의 환갑, 고희를 지나오면서 팔순이 되면 무엇을 해야 하나 우리 형제들은 고민을 했다. 잔치를 바라지 않는 엄마 아빠의 뜻도 있고, 팔순 잔치를 벌이면 금방 안 좋은 일이 생긴다는 말도 있고 해서 간단히 가족여행을 택했다. 해외로 가니 마니 하였지만 아빠의 반대와 작년 겨울부터 시작된 통풍으로 가까운 제주도로 결정했다.

　2월에 항공권 티켓팅하고 3월에 숙박 예약하고 5월 4-7일에 가족여행을 다녀왔다. 엄마 친구분들이 가족여행만 하지 말고 수건이라도 돌려야 하지 않겠

냐고 해서 엄마 친구분들을 위한 수건을 맞췄다. 수건
에는 '산수연 이상무 선생, 조차숙 여사, 존경하고 사
랑합니다'라고 적혀 있다.

그렇게 끝냈다고 생각했는데, 사촌오빠가 올해
가 팔순이지 않느냐, 생신이 언제냐 하며 연락이 왔
다. 우리는 벌써 팔순을 지냈다, 여행으로 끝냈다고
하니 그건 아니라며, 그렇게는 지날 수 없단다. 작년
에 큰아버지 돌아가시고, 아빠가 집안의 제일 어른이
되셨다. 그럼 사촌들 불러서 식사하는 자리를 마련하
기로 했다.

작년 큰아버지 장례식장에서 아빠는 우리 모두
를 모아놓고 사촌들이 서로 왕래하며 지내야 한다고
하셨다. 환갑이 된 첫째 사촌오빠는 1년에 한 번이라
도 모이자고 제안했었다. 이러한 이유를 들어 아빠 뜻
대로 사촌들과 이번 기회에 모이면 좋지 않겠냐, 식사
자리를 마련하겠다고 했다. 아빠는 뭘 또 하냐, 다들
사는 것도 바쁜데 부담 주고 싶지 않다고 하셨다. 작
년에 고모(아빠의 이종사촌) 남편분의 생일잔치에 다녀
온 얘기를 꺼내시는 통에 아빠의 사촌들도 모시기로

하였다. 부랴부랴 아빠 생신인 10월 13일 하루 전날로 날짜를 잡고 음식점 예약을 마쳤다. 석 달 전이었지만 예약들이 다 차서 토요일 저녁시간으로 하게 되었다.

수건을 해야 하지 않겠냐고 하며 사촌오빠 와이프로부터 전화가 왔다. 또다시 수건을 맞췄다. 아빠와 연세가 비슷하신 사촌어른들께도 드려야 해서 이번엔 건조하게 '산수연 이상무 선생, 조차숙 여사 2019년 10월 12일'로 했다.

팔순을 맞아 이번에도 가족사진을 찍기로 했다. 엄마 아빠의 리마인드 웨딩사진도 찍기로 했다. 10년 전 가족사진도 좋은데, 그때는 조카들이 3살 5살 8살이라 지금의 얼굴을 찾아보기 힘들다며 아빠를 설득했다. 사진 속 아빠만 잘 나왔지 우리들은 예쁘게 나오지 않았다며 가족사진을 다시 찍어야 하는 이유를 만들었다.

엄마 아빠의 웨딩사진부터 찍기로 했다. 웨딩드레스를 고르고, 몸에 딱 달라붙어 숨을 쉴 수 없다고 신경질을 내는 엄마와 그 곁에서 어쩔 줄 몰라 하는 도우미 아줌마, 그런 엄마의 비위를 맞춰가며 예쁘다는 말을 연신 해가며 화가 가라앉기를 바랐다. 아빠는 아빠대로 뭐 이런 것을 찍냐며 투덜대시고 나비넥타이를 한 아빠가 너무 귀엽다고 감탄사를 연신 날리며 두 분의 차례가 빨리 끝나기를 바랐다.

엄마는 염색을 하지 않은 아빠를 보며 너무 늙었다고 하시고, 아빠는 웨딩드레스 입은 엄마를 보며 이게 몇 년 만에 보는 거냐며 예쁘다고 하시고. 몸이 말을 잘 듣지 않지만, 어색해서 웃음이 잘 나오지 않지만 사진사가 하라는 대로 포즈도 취하시고 방긋 웃기도 하시면서 좋아하셨다.

전체사진은 우리 12명과 리치(강아지)까지 함께 찍었다. 흰 셔츠에 청바지, 스니커즈 신발까지 스튜디오 것을 사용했다. 엄마 아빠를 중앙 1열에 앉히고, 언니 부부, 동생 부부, 막내 부부가 자리를 잡고, 마지막으로 세 명의 조카들과 나, 그리고 리치까지 차례대로 자리를 잡았다.

친지들과 우리 가족들은 서로 몇 년 만에 보는 거냐며 인사를 나누었다. 옛날엔 고모 아저씨, 고모 아줌마 하며 불렀는데, 아줌마 아저씨란 말이 쏙 들어갔다. 다들 할머니 할아버지가 되셔서 부축하며 돌봐드려야 하는 입장이 되었다. 부부동반으로 함께 오셔서 손님을 맞는 내 입장에서는 흐뭇한 풍경이었다.

그러나 딸만 있는 우리 엄마 아빠에게 우리 할머니가 지성을 제대로 못 드려서 그렇다거나, 조카들이 다 딸이라고 아들 하나 더 낳으라거나, 실로 몇십 년 만에 고릿적 얘기를 들을 수 있었다. 너무 놀라워서 웃음이 났다. 옛날 할머니 댁에서 고모(아빠의 이종사촌)가 놀러 오셨을 때, 그 옛날의 기억이 송환됐다. 모든 친지들이 딸만 있는 우리 아빠를 걱정했고, 모든 딸들은 건넌방에 모였고, 모든 아들들은 안방에 자리를 하였다.

웃고 넘기는 나와는 다르게 딸 둘을 가진 막냇동생은 발끈해서 요즘이 어떤 세상인데 그러냐며 싫은 티를 냈다. 하지만 어르신들에게 동생의 얘기는 여전히 들리지 않았다. 그렇게 식사자리를 갖고 어르신들은 가시고, 우리 가족들과 사촌 언니 오빠들과 차 한잔하며 어릴 적 그 고모들과 있었던 얘기를 나눴다. 옛날에도 그러시더니 연세를 드셔도 말씀하시는 것은 여전하다는 말을 하며, 좋지 않은 감정을 드러냈다.

사촌언니는 아빠한테 와서 큰아버지 돌아가셨을 때 왜 연락하지 않았냐고 했다며, 연락했는데도 안 오셔놓고 오늘 자기에게 왜 연락하지 않았냐 했다고 이른다. 아빠는 그때 상황 말씀하시면서 마음에 두지 말라고 한다.

집으로 와서는 사촌오빠 부부와 우리 형제들이 함께 술을 마셨다. 살면서 친척들과 술 마시면서 얘기를 나누고 큰 소리를 내고 즐거워하기는 오늘이 처음이다. 엄마는 피곤하심에도 우리들이 웃고 떠들고 하는 모습이 좋아 끝까지 함께 하셨다. 서로들 아쉬워하며 내년 5월 가족소풍을 기약했고 자리를 마쳤다. 그렇게 아빠의 팔순 잔치는 끝이 났다.

작가의 글

　　몇 년 전 TV에서 추운 겨울, 꽁꽁 얼어붙은 히말
라야 차다(Chaddar)를 건너 자식들을 학교에 보내는
모습이 방영되었다.

　　차가운 얼음강을 건너기 위해 바지를 벗어젖히
고 아이들을 둘러업은 아버지들의 모습에 감탄이 절
로 났다. 세상 밖으로 아이들을 내보내기 위해 무거운
짐과 살을 에는 추위에도 맨몸으로 길을 만들어가며
나아가는 아버지들의 모습이 인상적이었다.

　　그런 아버지들 곁에서 자칫 절벽 아래로 미끄러
질 상황에도 얼음강의 거센 물살에도 아버지가 내미
는 손에 아이들은 용기를 내었고 기나긴 여정을 견딜
수 있었다.

나만은 마냥 젊을 것만 같았는데 핸드폰 글씨가 점점 희미해지고, 앉았다 일어날 때 에구구 소리를 내고, 영양제를 챙겨 먹게 되어서야 아버지의 부쩍 느려진 말과 행동이 눈에 들어왔다.

　　언젠가 사부곡, 사모곡을 써야겠다고 마음먹었던 나의 계획을 앞당겼다. 지금 아니면 나중은 없다. 기억도 나지 않을뿐더러 시간도 기다려주지 않음을 알고 있다.

　　나의 어린 시절과 내가 기억하는 아빠의 젊은 시절부터 하나씩 떠올린다. 그때 느꼈던 감정과 지금의 생각을 하나씩 담는다. 당시 아빠의 행동을 그 나이의 내가 되어 해석한다. 한 가지 아쉬운 점은 결혼도 자식도 없는 나로서는 아빠의 온전한 마음을 영원히 알 수 없다는 것이다.

　　우리 가족의 역사는 엄마 아빠의 결혼식 앨범에서부터 시작된다. 페이지를 한 장씩 넘겨가니 사진 속 장소와 인물, 전후 사건들이 하나씩 생각나며 그려진다. 나의 일기장까지 더해지니 감정이 되살아난다. 모니터를 앞에 두고 혼자서 웃다가 울다가 생각에 빠지

다가 수차례 반복한다.

사부곡을 쓰는데 정작 아빠에 대해 아는 게 없었다. 오십 년을 함께 살았어도 나 사는 것에만 관심 두길 바랐지 아빠에 대해 가족에 대해 무심했음을 반성한다. 엄마에게 언니에게 동생들에게 물어가며 기억 속 퍼즐을 맞춘다.

삶은 사는 게 아니라 살아내는 것임을 알기에 한 인간으로 아버지의 인생을 바라본다. 스물여섯에 결혼해서 딸 넷을 키우면서 겪었을 마음고생과 몸고생은 얼마나 컸을까. 양쪽에 가득히 짊어진 가장의 무게를 헤아린다.

아버지의 딸들은 지금도 아버지 집에 모여 앉아 지들끼리 웃고 떠든다. 둥지의 새끼새들마냥 엄마를 부르고 아빠를 찾으며 어미새와 아비새가 물어온 먹잇감을 받아먹는다. 새끼새들은 어미새와 아비새의 비행에 동행하고, 외부의 적들로부터 어미새와 아비새를 보호하기 위해 둥지를 떠나지 않는다.

엄마 아빠 사랑합니다.

아빠와 50년째
살고 있습니다만

초판 1쇄 발행 2020년 7월 20일

지은이 이유진
발행처 예미
발행인 박진희

출판등록 2018년 5월 10일(제2018-000084호)

주소 경기도 고양시 일산서구 중앙로 1568 하성프라자 601호
전화 031)917-7279　　**팩스** 031)918-3088
전자우편 yemmibooks@naver.com

ⓒ이유진, 2020

ISBN 979-11-89877-30-9　　03810

이 도서의 국립중앙도서관 출판예정도서목록(CIP)은 서지정보유통지원시스템 홈페이지
(http://seoji.nl.go.kr)와 국가자료공동목록시스템(http://www.nl.go.kr/kolisnet)에서
이용하실 수 있습니다. (CIP제어번호 : CIP2020027989)